光文社文庫

長編時代小説

父の形見

研ぎ師人情始末㈩

決定版

稲葉　稔

光　文　社

※本書は、二〇一〇年四月に光文社文庫より
刊行した作品を、文字を大きくしたうえで、
さらに著者が加筆修正したものです。

目次

尾張殿
市谷
早稲田村
江戸川
音羽
護国寺
至板橋宿
江戸川橋
大塚
巣鴨
赤城明神
御納戸町
石切橋
日光御成街道
若宮八幡宮
神楽坂
切支丹坂
御薬園
中山道
小日向馬場
牛込御門
番町
傳通院
小石川
田安御門
白山
神明宮
元飯田町
小石川御門
水戸徳川家
駒込
清水御門
春日町
水道橋
千駄木
神田川
本郷
道灌山
根津権現
霊雲寺
池之端仲町
福成寺
池之端七軒町
根津門前町
日暮里
神田明神
根津宮永町
湯島天神
不忍池
鍛冶町
昌平橋
湯島切通町
弁天
明神下
仁王門前町
東叡山寛永寺
根岸
谷中
筋違御門
上野元黒門町
下谷広小路
内神田
外神田
和泉橋
佐久間河岸
神田佐久間町
下谷金杉町
豊島町
新シ橋
向柳原
御徒町
下谷山崎町
柳原土手
左衛門河岸
三味線堀
広徳寺
下谷竜泉寺町
通塩町
横山町
両国広小路
平右衛門町
元鳥越町
幡随院
同朋町
米沢町
猿屋町
甚内橋
浅草橋
茅町
新吉原
阿部川町
両国橋
柳橋
御蔵前片町代地
新堀川
日本堤
東本願寺
尾上町
駒留橋
大川
浅草寺
二ツ目之橋
回向院
首尾の松
御米蔵
元旅籠町
堀田原
浅草広小路
奥山
浅草
日光道中
小塚原
亀沢町
御竹蔵
諏訪町
雷門
山谷町
御厩河岸之渡し
駒形町
浅草観音
新鳥越橋
山谷堀
三ツ目之橋
駒形堂
浅草竹町
花川戸町
揚場
緑町
竪川
本所
南割下水
中之郷竹町
竹町之渡し
吾妻橋
今戸橋
今戸町
白鬚之渡し
瓦町
源森橋
源森川
中之郷
小梅村
三囲稲荷
長命寺
向島墨堤
木母寺
北割下水
中之郷八軒町
寺島村
北辻橋
大横川
法恩寺橋
新辻橋
業平橋
亀戸村
小梅村
四ツ目之橋
押上村
天神橋
十間川
柳島村
亀戸天神

天現寺
渋谷川
今井谷
元赤坂町
伝馬町
平河町
四谷御門
麻布新町
善福寺
六本木
赤坂
氷川明神
四ノ橋
広尾町
渋谷
古川町
仙台坂
新網町
飯倉片町
市兵衛町
赤坂御門
市谷御門
麹町
三ノ橋
二ノ橋
一ノ橋
溜池
中之橋
千鳥ヶ淵
芝車町
三田町
赤羽橋
半蔵御門
虎之御門
西之御丸
至品川宿
増上寺
新シ橋
外桜田御門
雉子橋御門
和田倉御門
一橋御門
江戸城
南町奉行所
北町奉行所
幸橋
土橋
金杉橋
芝
御門
数寄屋橋
汐留橋
神田橋御門
常盤橋御門
呉服橋御門
道三堀
竜閑橋
三十間堀
銀座町
金杉川
濱御殿
数寄屋町
一石橋
本石町
今川橋
木挽町
京橋
本材木町
駿河町
西本願寺
白魚橋
日本橋
魚河岸
大伝馬町
小伝馬町
楓川
江戸橋
東堀留川
八丁堀
弾正橋
組屋敷
八丁堀
海賊橋
日本橋川
小網町
照降町
葺屋町
亀島橋
中之橋
霊岸橋
菊之助の長屋
住吉町
竈河岸
亀島川
一ノ橋
新川
稲荷橋
箱崎橋
難波町
久松町
高橋
鉄炮洲
行徳河岸
高砂橋
浜町堀
箱崎川
二ノ橋
霊岸島
霊岸島
銀町
船番所
佃島
石川島
箱崎町
永久橋
大川端
熊井町
永代橋
佐賀町
今川町
上之橋
万年橋
新大橋
山城橋
緑橋
大島町
黒江町
油堀
材木町
万年町
海辺大工町
六間堀
弥勒寺
江戸湊
富岡町
仙台堀
高橋
弥勒寺橋
永代寺
海辺橋
深川元町
北森下町
林町
越中島
蓬莱橋
富岡八幡宮
小名木川
徳右衛門町
三十三間堂
亀久橋
霊巌寺
雲光院
深川
洲崎
新高橋
扇橋
猿江橋
南辻橋
西
北
東
南
0
1km
御材木蔵
猿江町
清水橋

「父の形見　研ぎ師人情始末（十三）」　おもな登場人物

荒金菊之助……日本橋高砂町の源助店に住む研ぎ師。父親は八王子千人同心だった。

横山秀蔵……南町奉行所臨時廻り同心。菊之助の従兄弟。

日向金四郎……南町奉行所定町廻り同心。

寛二郎……横山秀蔵の配下。

五郎七……横山秀蔵の配下。

甚太郎……横山秀蔵の配下。

次郎……菊之助と同じ長屋に住む箒売り。瀬戸物屋「備前屋」の次男。横山秀蔵の探索を手伝っている。

志津……菊之助の女房。

久蔵……長谷川町にある小料理屋〈蛍亭〉の亭主。

お福……久蔵の女房。

久吉……久蔵の息子。

父の形見――〈研ぎ師人情始末〉(十三)

第一章　蛍亭《ほたるてい》

一

文政《ぶんせい》九年（一八二六）――。

秋は深まっている。江戸城内にある紅葉山《もみじやま》の紅葉は、それは見事だという。お城詰めの者の弁を借りると、

「金糸や銀糸で織りなしたお姫様のあでやかな打ち掛けに勝るとも劣らぬ色合いなのだ。銀杏《いちよう》に楓《かえで》に錦木《にしきぎ》……はあ、ため息の出る美しさである」

ということらしい。

しかし、市中に住まう町人や職人らに、その紅葉を愛《め》でることはできない。それでも、お堀のそばに立ってお城を眺めると、たしかに赤や橙《だいだい》、あるいは緋《ひ》や

黄に染まった紅葉を垣間《かいま》見ることができた。

高砂町《たかさごちょう》にある源助店《げんすけだな》に、直吉《なおきち》という男が越してきたのは、紅葉が盛りになる少し前であった。直吉は日本橋《にほんばし》にある〈村雨屋《むらさめや》〉という履物《はきもの》問屋の手代《てだい》で、なかなかの色男であったがために、長屋のおかみ連中は井戸端などでその男っぷりのよさを噂しあっていた。

「あたしのことじっと見たりするんだよ。なんだか背筋がゾクッとしちゃってねえ」

長屋一番の噂好きのおつねが、熱に浮かされたような顔でいえば、

「あれあれ。おつねさん、わたしもあの人に流し目を送られるんだよ」

髪結いの女房おとみもそんなことをいう。

「あれ、あんたにもかい。それじゃ、浮気な男かもしれないね」

「そうかもしれないよ。二十八だというけど、まだ独《ひと》り身《み》じゃないか。気をつけたほうがいいよ」

おきんという女房がたしなめるようにいうと、

「でも、わたしたちは亭主持ちだから、洟《はな》も引っかけてくれやしないわよ」

と、おとみはせっせと洗濯の手を動かす。

「わからないよ。相手に亭主がいようが何だろうが、男ってえのは油断も隙《すき》もありゃしないんだよ」

おつねはでっぷり肉のついた大きな尻をあげて、腰をたたいた。

「それは女もいっしょではないの……。そうはいっても、わたしには縁のない話だけどね……」

おきんがそういって眉を下げると、三人は同時に大声をあげて笑いあった。

そんな様子を、日溜まりの戸口に腰をおろして、次郎《じろう》が眺めていた。

「年増女は勝手なことばかりいって、いい気なもんだ」

独り言を漏らした次郎は、腰をあげると尻についた埃《ほこり》を払って表に向かった。

路地の真ん中を流れるどぶには、ところどころに新しい板がはめられていた。古くなって腐ったりすると、過《あやま》って踏み割る者がいるから、気づいた者が補修するのだ。

次郎は荒金菊之助《あらがねきくのすけ》が仕事場にしている家の前で足を止めた。戸は閉まっている。注文を取りに行ったか、研《と》ぎあがった包丁を届けにでも行っているのだろう。

次郎は戸口の横に掛けてある看板を指先で、トントンとたたいて眺めた。それには「御研ぎ物」と書かれている。その脇に「御槍　薙刀《なぎなた》　御腰の物御免蒙《こうむ》る」

と添え書きされているが、風雨に曝《さら》されつづけているので、字はくすみ、板もしぶく変色している。しかし、それがかえって重厚な趣《おもむき》を醸《かも》していた。

次郎はそのまま長屋を抜けると、何のあてもなく日本橋のほうへ足を向けた。

このところ、暇を持てあましている。箒《ほうき》売りの仕事にでも出ればいいのだが、気が乗らなかった。ときどき南町奉行所の臨時廻《りんじまわ》り同心・横山秀蔵《よこやまひでぞう》の手伝いをしているが、近頃はお呼びがかからない。

もっとも、お呼びがないということは、市中がそれだけ平和であるという証拠だから喜ばしいことではあるが、張り合いを感じないのだ。

次郎は腰に差している預かった十手《じって》をときどきさわりながら、二丁町《にちょうまち》から親父《おやじ》橋を渡り照降町《てりふりちょう》を素通りして魚河岸《うおがし》を見て歩いた。昼下がりなので、どの河岸も商店も暇である。

河岸場に寄せられている舟同士がぶつかり合って、コンコンと小さな音を立てていた。抜けるような青空で舞う鳶《とび》が声を降らしている。

次郎は油問屋や魚問屋の並ぶ脇道に入って、瀬戸物町《せともの ちょう》のほうへ向かった。足の向くまま気の向くままである。

と、安針町《あんじんちょう》に差しかかったとき、そばの路地から下駄音をさせて小走りに駆けていく女がいた。

細い足首と、白い脹《ふく》ら脛《はぎ》が見えた。

「……お袖《そで》さん」

次郎は小さくつぶやいた。お袖は本船町《ほんふなちょう》にある大きな魚問屋〈魚正《うおまさ》〉の女房だった。この界隈《かいわい》ではちょっと評判の女房だ。それというのも、魚正の主《あるじ》・正兵衛《しょうべえ》が女房を亡くしたあとで、吉原《よしわら》から身請《みう》けした女だったからである。お袖は吉原《よしわら》の江戸町《えどちょう》にある〈大和屋《やまと》〉という傾城屋《けいせい》の花魁《おいらん》で、源氏名を吹雪《ふぶき》といった。

お袖はまた先の路地を右に折れて見えなくなった。次郎は好奇心に駆られたまま、足を進めた。お袖は常盤稲荷《ときわいなり》のそばにいた。それも若い男と向き合い、手を取り合って、何やら話し込んでいる。ひと目で、睦《むつ》まじい仲だとわかった。

しかし、男の顔は植え込みの枝が邪魔をしてよく見えない。

――おいおい、亭主がいるってえのに、浮気かよ……。

次郎は胸の内でつぶやいた。

そのとき、お袖が相手の手を引いたので、男の顔が見えた。

あっ、と次郎は小さく漏らした。長屋の女房たちが噂している直吉だったからだ。

——あの男、他人《ひと》の女房に手を出して……。

次郎は物陰に身を寄せて様子を窺《うかが》った。しばらくして直吉とお袖は右と左に分かれたが、これはちょっとした秘密を目にしたと次郎は舌先で唇を舐《な》めた。

二

その夜、月が叢雲《むらくも》に呑み込まれようとするころ、お袖は家の勝手口からそっと表に出て、小網町《こあみちょう》三丁目にある出合《であい》茶屋に足を急がせた。

亭主の正兵衛はこのところ中風《ちゆうふう》を患《わずら》い、思うように体が動かせなくなっていた。それに夕餉《ゆうげ》を終えると、さっさと自分の寝間に引き取るので、家を抜け出しても見つかりはしなかった。

そんな安心感はあるが、お袖はこれから会う男のことを考えると、胸の高鳴りを抑えることができない。自然、足は速くなり、すれ違う男や女たちも眼中に入らなかった。

足を進めるたびに、路考茶《ろこうちや》の着物の裾《すそ》に緋色の襦袢《じゆばん》がのぞく。着物にはたっぷり香《こう》を薫《た》きしめているので、風がその艶《つや》のある匂いを流していた。

右は日本橋川に沿う鎧河岸《よろいがし》。とろっと油を流したような川に何艘《そう》もの舟が舫《もや》われている。海鼠壁《なまこかべ》で造られた蔵がいくつも並んでいる。道の左側にはずらりと商家が列《つら》なっている。昼商いの店は暖簾《のれん》を下ろし、戸口も閉めているが、居酒屋や小料理屋の表には提灯《ちょうちん》や軒行灯《のきあんどん》の明かりがある。

三味線《しゃみせん》や笛の音《ね》がどこからともなく流れてきて、楽しそうな笑い声がそばの店から漏れてきた。

「おい、待て」

ふいに声をかけられたのはそのときだった。お袖は自分のことではないと思った。

「待てといってるんだ」

二度目の声で、お袖は足を止めた。蔵地の暗がりに男が立っていた。

「わたしでございましょうか……」

「そうだ。おまえ、魚正の女房だな」

お袖は顔をこわばらせて、相手の顔を見ようと提灯をあげた。刹那《せつな》、その提灯が払われた。ついで、腕をつかまれ、ぐいと引き寄せられた。

「声を出すな」

男はそういってお袖の口を背後から塞《ふさ》いだ。足許《あしもと》に落ちた提灯の火が消えかかっている。男はそれを乱暴に踏みつぶして火を消した。足許にあった明かりがなくなると、そこは暗闇でしかない。さらに、男は川岸のそばまでお袖を引っ張っていった。

「いい年増が、亭主が病気になった隙に若い男をたらし込んでお楽しみかい。いい気なものだ。大枚はたいて苦界《くがい》から救ってくれた亭主に申し訳が立たないんじゃないのか。薄情な女というのは、てめえのようなやつのことをいうのさ」

口を塞がれているお袖は、背中に冷や水を浴びせられた心持ちだった。全身に怖気《おぞけ》が走り、鳥肌が立った。

「どなたです？　放してくださいまし……」

お袖はそういったが、口を塞がれているので、声は男の指の隙間からもぞもぞと漏れただけだった。

「おめえが誑《たぶら》かしている男のことを亭主にいえば、どうなるかな。ふっふっふ……」

お袖は顔を凍りつかせた。

相手が誰だか知りたいが、男の膂力《りょりょく》には抗しがたい。何度か体をもがくように動かしたが、男はビクともしないのだ。

「どうしてくれようか」

男はそういって、口を塞いでいた掌《てのひら》を少し空けた。それで声を発することができるようになった。

「どなたか知りませんが、どうかご堪忍《かんにん》を。何でもします。ほしいものがあったら何でも差しあげます。どうか、わたしのことは……」

また口を塞がれた。

「黙っていてほしいというわけか。そりゃそうだろう。男との密通が表沙汰《おもてざた》になれば、おまえはただではすまないのだからな。亭主に手打ちにされなくても、いずれ死罪は免《まぬか》れやしねえ。ええ、そうじゃないか」

男は空いている手で、お袖の下腹部を撫《な》で、太股《ふともも》をさすった。

「さっき、何でもするといったな。何でもやるといったな。本当かい？」

お袖は首を縦に振った。本気で、この男の望むことなら聞き入れようと思っていた。

「ほう、それじゃ何をしてくれる。間違っても大きな声を出すんじゃないぜ」

お袖はウンウンとうなずく。河岸場につながれている舟が揺れている。川には月が映り込んでいた。ぴちゃぴちゃと、岸に寄せる波の音がする。

「ゆっくりこっちを見るんだ」

お袖は肩をまわされて、男と正対《せいたい》する恰好《かっこう》になった。男の顔は闇に塗り込められたままで、誰だかわからなかった。

「それじゃ、好きにさせてもらうぜ」

男はそういって抱きついてきた。

と、お袖は腹に何か熱いものを感じた。何かが自分の腹に刺さったのだとわかるのに、しばしの時間がかかった。

はっと顔をこわばらせ、目を見開いたとき、男の体がすうっと離れた。

「……そういうことだ」

「あ、あッ……なぜ……」

お袖は自分の腹に手をあてた。

指先が生ぬるいものに触れた。着物はぐっしょり濡れていた。刺されたという驚愕《きょうがく》と、死ぬかもしれないという恐怖に襲われた。顔をゆがめ、片膝をついた。

自分の体からどんどん力が抜けてゆくのがわかった。声を出して助けを求めようとしたが、唇がふるえるだけだった。

お袖は地面に横たわった。少し体が楽になったが、ただそれだけのことで、どこにも力がはいらなかった。地面の冷たさを頰に感じるだけで、次第に意識が遠のいていった。

三

「とにかく行ってくる」

荒金菊之助はいつになくいきりたった顔をしていた。すっと腰をあげると、お志津《しづ》が慌《あわ》てたように追いかけてきた。

「菊さん、堪《こら》えてくださいな。滅多《めった》にあることでないのはわかっていますが、他人の家のことです」

「そんなことはいわれなくてもわかっておる。しかし、このまま黙って見ているわけにはまいらぬのだ」

「菊さん……」

お志津はいつになく厳しい声で呼んだ。そのまま表情を引き締め、じっと菊之助をにらむように見据えた。

「落ち着いてください。頭に血を上らせてもいいことはありません」

お志津はもう一度ぴしゃりといった。

「そんなことは……」

言葉を切った菊之助は、

「ええい、とにかく話をしてくる」

といったまま戸口を飛び出した。

菊之助が腹を立てているのは、長谷川町《はせがわちよう》にある〈蛍亭《ほたるてい》〉という小料理屋の亭主のことだった。蛍亭は新しくできた店で、主の久蔵《きゆうぞう》は腕がよく、その料理のうまさはあっという間に知れわたり、いまでは評判の店となっていた。

その久蔵が腕のいい研ぎ師がいると聞いて、菊之助に包丁の研ぎを頼んだのが半月ほど前のことだった。

「いやあ、これは噂どおりだ。申し分ねえ。荒金さん、これからも頼むよ」

研ぎあがりに満足した久蔵は、相好《そうごう》を崩して、新たな注文を出してくれた。菊之助も自分の腕を認めてくれた久蔵の言葉を嬉しく思い、早速三本の包丁を研いで届けに行ったのが昨日のことだった。

「なんだ」

ところが、久蔵が板前修業をさせている自分の息子に手をあげて、怒鳴りまくっているところを見てしまった。倅《せがれ》の久吉《きゆうきち》は唇を切り、鼻血を出して土間に倒され、踏みつけにされていたので、菊之助は慌てて止めに入った。

「やめなさい、久蔵さん。もうその辺にしておきなさい」

「なんだ、てめえ。他人の家のことに口出すんじゃねえ！　引っ込んでいやがれ！」

と、菊之助を突き飛ばして、また久吉の腹や尻を蹴飛ばした。久吉は泣き濡れた顔で、

「勘弁してくれ。もうしねえから、おとっつぁん、勘弁だよ」

と、平謝りに懇願する。

女房のお福《ふく》はふるえ顔で、その様子を見ているだけである。そのうち、久蔵は怒りを鎮め、怒らせた肩を大きく動かして息をした。

「久吉、同じしくじりは二度と繰り返しちゃならねえ。三歩歩いたら忘れちまう鶏《とり》じゃねえんだ。教えたことは頭んなかにたたき込んでおきやがれ。わかったな」

「へえ」

「わかったかといってんだ」

久蔵が拳骨《げんこつ》を振りあげたので、久吉は「ひえー」と悲鳴をあげて両手で自分の頭を庇《かば》い、わかりましたといった。

騒ぎはそれですんだので、菊之助は黙って包丁を渡したが、

「いらぬ節介《せっかい》はやめてくれねえかい」

と、ぞんざいにいった久蔵は、さっさと板場に消えてしまい、それからすぐに買い出しに行って来るといって、菊之助にろくな挨拶《あいさつ》もせずに出かけてしまった。

店のなかには気まずい空気があったが、菊之助はどんな経緯《いきさつ》でさっきのようなことがあったのかと、久吉とお福にそれとなく訊《たず》ねた。

「いつものことなんです」

と、お福は弱り切った顔で答え、血を流している久吉に手拭いを渡してやった。

その久吉をよく見ると、腕や足にいくつもの青痣《あおあざ》がある。

「いつものことって、いつもああやって殴る蹴るの乱暴をされるのかい」

「へえ。おれがだめだからなんです。ちゃんとできねえから……」

久吉はそう答えて、ぽろっと涙をこぼした。

「いくら親だとはいえ、あれはひどすぎるんじゃないのか」

「逆らえばもっとひどいことになるから、堪えるしかないんですよ」

お福もか弱い声でそんなことをいう。

「……困ったものだな」

菊之助はそういうしかなかった。

ところが、ついさっきのことだった。朝餉《あさげ》を終えて茶を飲んでいると、いつもやってくる納豆売りが、

「菊さん、長谷川町の蛍亭って知ってますか？」

と、戸口の前でいう。

「知っているが、どうかしたか？」

問いを返すと、

「さっき蛍亭の前を通ったらすごいんですよ。あの店の大将が割れんばかりの声を張りあげて、倅を怒鳴りつけているんです。ただ、怒鳴るんじゃなくて、薪《まき》ざっぽうで殴るわ、拳骨で殴るわ、下駄をつかんで殴るわ……傍《はた》で見ていて恐ろしくなっちまったんです。このままじゃ、あの倅、殺されるかもしれませんよ」

という。

菊之助は昨日の今日であるから、じっとしておれなくなった。何とか久蔵を諭《さと》

そうと思って、蛍亭に向かっているのだった。

長谷川町の通りまでやってきた。町は普段の様相を呈《てい》している。朝日は葉を落とした木々の影を作っている。落ち葉の散った通りを掃《は》いている小僧がいれば、天水桶《てんすいおけ》に水を足す老爺《ろうや》がいる。商家の暖簾はあげられたばかりで、みなその日の準備に忙しい。

路地のあちこちから職人や勤めに出る奉公人が出てくる。供を連れた武家が一人二人と通ってゆく。

蛍亭の暖簾は当然下げられたままだが、戸は開いていた。

菊之助が立ち止まると、戸口から水桶を持った久吉が姿を現した。目のまわりに青痣を作っていて、唇の一方が赤く腫《は》れてめくれていた。

久吉は菊之助には気づかずに店の前に水打ちをはじめたが、ふと近づく影に痛ましい顔をあげた。菊之助はその顔をしばし見つめてから口を開いた。

「……つらいだろうな」

「………」

「今朝も折檻《せっかん》されたそうだが、いったいどうしたわけだ?」

店の前での立ち話となったが、わけを知りたかった。

「おれが出来損《そこ》ないだからです」

「……殴られてばかりじゃたまらないだろう。いくら親とはいえ、程《ほど》ってものがある。いったい何をしでかした」

「………」

「余計なお世話だというのはわかっているが、教えてくれないか」

「……粗相《そそう》をしちまったんです。おとっつぁんの大事にしていた皿を割っちまいまして……へえ」

ぐすっと洟をすすって、久吉は水を撒《ま》いた。

「皿を割ったから、そんな顔になるまで殴られたというのか」

久吉はうなだれてうなずいた。そのとき、店のなかから怒声が聞こえてきた。

「うるせえ！　てめえにおれの何がわかるってんだ。よくもそんなへんちくりんの面《つら》でおれに口答えができるな！　このおかちめんこの役立たずが！」

久蔵の怒鳴り声と同時に、土間に皿や茶碗が投げつけられ、派手に割れる音が表に響いた。隣の店の亭主が、箒を持ったまま、またはじまったよと、あきれたようにつぶやいた。

菊之助が足を踏みだすと、久吉が慌てたように腕をつかみ、

「おやめください。じきに収まりますんで……」

と、懇願するような顔でいう。

「収まるといっても、これじゃ」

また久蔵の怒声がして障子《しょうじ》が破れた。菊之助は久吉の手をゆっくり払うと、店の敷居をまたいだ。

四

「久蔵さん、いったいなんの騒ぎです」

店の土間に入って声をかけると、激怒した久蔵の声が途切れ、居間のほうから顔を見せた。

「なんだ、荒金さんかい。今日は用はないぜ」

腕まくりをした久蔵は、赤鬼のように紅潮した顔を向けてきた。

「そういうことではない。どうにも黙っておれなくてやってきた次第です」

菊之助は居間の前で、久蔵と向かい合うようにして立った。

膳部《ぜんぶ》をひっくり返された居間には髪を乱し、悔しそうでいながら、情けない顔をしている女房のお福が、しどけない恰好で後ろ手をついていた。

土間には割れた皿や茶碗の欠片《かけら》が散乱し、破れた障子が風に吹かれている。

「黙っておれねえってのはどういうことだい。あんたにいちいち口出しされる覚えはねえよ」

「昨日もそうだったが、ちょいと乱暴が過ぎるんじゃありませんか。久吉の顔を見てごらんなさい。いったいどうしてそこまでするんです。血を分けた自分の子じゃありませんか」

「そんなこたあ、あんたにいわれなくってもわかってらァ」

「粗相するのが許せないのだろうが、もう少し考えてみたらどうです。殴ったり蹴ったりすれば、それで何もかもわかるとは思いませんがね。久吉、ちょいと……」

菊之助はおずおずとやってきた久吉の手をつかむと、そのまま袖をまくった。

青い痣がいくつも残っている。

「これを見てどう思います。それに唇を腫らして、目のまわりにも……」

「それがどうした。おれのやることに口出しされたかァねえな。わからねえやつには体で覚え込ませるしかねえんだ。あんたも職人なら、それぐらいのことわかってるだろう。お師匠さんに厳しく仕込まれたんじゃねえのか。誰だってそうだ。職人だろうが、料理人だろうが、人のためにうまい物やいい物を作って、注文した人を喜ばせてやる。些細《ささい》なことだが、それで人ってェのは幸せを感じるもんだ。そのためには物を作る側の人間が気を抜いちゃならねえ。ええ、そうじゃねえか？」

たしかにもっともなことだ。菊之助は口を挟むのを待った。

「うちの店は適当な物を出して客を誤魔化《ごまか》すつもりなんかこれっぽちもねえ。魂を込めて誠心誠意のもてなしをする店だ。だから客はうちに来てくれる。そりゃァ、うちの店はその辺の料理屋と比べりゃ安くねえ。それでも客は懐《ふところ》が寒くなるのを覚悟でやってくる。そんな客に滅多《めった》なことはできねえ。裏切っちゃならねえ。そんな思いがあるから、厳しくやるしかねえんだ。甘っちょろい考えでいると、とんでもねえ迷惑をかけることになる。そうならねえように、気を張っているんだ。だから、こいつが気を抜けば厳しくやる。嬶《かかあ》だから、倅だからといって遠慮なんかしてられねえんだ」

「なるほど、おっしゃることはよくわかります」

「ふん」

鼻を鳴らした久蔵は居間の縁《へり》に腰をおろした。煙管《キセル》を取り出し、雁首《がんくび》で煙草盆《たばこぼん》を引き寄せた。お福は乱れた襟《えり》や裾《すそ》をただして、茶を淹《い》れはじめた。

菊之助が久吉を見ると、煙管をうまそうに吸う父親に憎悪の目を向けている。

やはり、これはまずいと菊之助は思った。

「久蔵さん、たしかにあんたのいうことはもっともだ。だけど考えてごらんなさい。もし、乱暴が過ぎて久吉の腕を折ったり、ひどい怪我《けが》を負わせたらどうします。そうなって働けなくなったら、どうするんです」

久蔵はぐりっと目を剝《む》いて、菊之助をにらんだ。

「女房も倅もこの店の大事な働き手ではありませんか。仕事を教えたい、覚えてもらいたいというあんたの気持ちは二人ともわかっているはずです。だけど、ときには粗相もするでしょう。過ちもあるでしょう。それをいちいち咎《とが》めていたら人というのは育たないのではありませんか」

「やいやい、朝っぱらから何しに来たかと思えば、おれに説教垂れに来やがったのかい！　え、冗談じゃねえぜ！　こちとら命張って仕事してんだ。その辺の包丁研ぎにえらそうな口をたたかれたかァねえぜ！」

久蔵は勢いよく煙草盆に煙管をたたきつけた。

「わたしはたしかに一介《いっかい》の包丁研ぎだ。だからといって、目に余ることを見過ごすことはできないんですよ。知って知らぬふりをするのは、人としてあってはならないことだ。仕事を教えるために手をあげるのは仕方ないことかもしれない。だけど、物事には程ってものがある。殴ったから蹴ったからといって人はわかるものではない。かえって、そのことで逆らう気持ちを持ったり、ぐれてしまうこともある」

「そんなやつァ、それだけの者だったってことだ。おい、茶なんか出すんじゃねえ」

久蔵は湯呑みを出しかけたお福の手を払った。その勢いで、茶がこぼれて、畳にしみを作った。とたんに久蔵の目が厳しくなる。お福は亀のように首をすくめて、慌てて畳を拭きはじめた。

菊之助はここはいったん引き下がろうと考えた。久蔵は怒鳴っていた興奮が冷めていないらしい。このままでは売り言葉に買い言葉の繰り返しになる。

「久蔵さん、乱暴は慎《つつし》んでくださいな。隣近所の迷惑もあります。この店の料理がどれだけよくても、変な噂が立ったらおしまいじゃありませんか」

「おい、なにが迷惑だ」

久蔵はずいっと立ちあがると、眉間《みけん》に深いしわを刻み、額に青筋を立てて菊之助をにらんで、言葉を足した。

「なにが変な噂だ、冗談じゃねえ！　てめえなんかの面《つら》は二度と見たくねえ。とっとと帰ってくれ。帰れ、帰れ。うちの敷居を二度とまたぐんじゃねえ」

久蔵はどんと菊之助の肩を突いた。

おまえさんと、お福が心配そうに声をかける。だが、菊之助は怯《ひる》まずに久蔵の目を見据えたまま口を開いた。

「久蔵さん、手をあげたからといって、それで人は育ちませんよ。それだけはわかってください。お邪魔しました」

菊之助は軽く頭を下げると、そのまま蛍亭を出た。

塩だ、塩をまけという久蔵の声が背中にあった。表に出た菊之助はしばらく行ったところで立ち止まり、蛍亭を振り返った。

久吉が表に立って菊之助を見ていた。口を真一文字に引き結び、いまにも泣きそうな顔だった。菊之助がしっかりやれと目顔《めがお》で訴えると、久吉は深々と頭を下げた。

五

朝寝坊の次郎が茶漬けをかっ込んでいるとき、鉤鼻《かぎばな》の五郎七《ごろしち》がのそりと家に入ってくるなり、

「次郎、殺しがあった」

といったので、まだ半分寝ぼけ眼《まなこ》だった次郎の眠気は、いっぺんに吹き飛んだ。

「殺しって、どこで誰が誰に……」

「それはこれから調べることだ。とにかく横山の旦那がお呼びだ」

「へ、へえ。それじゃ早速に……」

次郎は慌てて股引《ももひき》をはいて、木綿の着流しを端折《はしょ》り、腰に十手を差した。

「殺されたのは女だ。鎧河岸で今朝見つけられ、小網町の番屋に運び込んである。いま旦那たちが身許を調べているところだ」

「女ですか……」

次郎は五郎七のあとを追いかけるように、長屋の表に飛び出した。

真っ青に晴れあがった空が広がっていた。暑くもなく寒くもないちょうどいい季節だが、朝からゾッとする事件である。しかし、このところ暇を持てあましていた次郎には気負いがあり、目を輝かせていた。

「それじゃ、まだ何もわからないことばかりじゃありませんか」

次郎は歩きながら矢継ぎ早に質問を繰り出したが、五郎七はわからないと首を振るばかりだった。

「だから、いま旦那たちが調べているんだよ」

「五郎七さんは死体を見たんですか？」

「まだ拝んではいねえ。これからだ」

急ぎ足で鎧河岸へまわりこむと、秋の日射しを照り返す日本橋川がまぶしく輝いていた。漁師舟や俵を積んだ荷舟が、物騒《ぶっそう》な殺しがあったとは思えないほど長閑《のどか》に上り下りしていた。ただし、死体の運び込まれた小網町三丁目の自身番《じしんばん》の前には、野次馬《やじうま》がたかっていた。

次郎と五郎七がそばまで行くと、

「どけどけ。邪魔だ邪魔だ」

と、野次馬を押しのけて自身番から出てきた男がいた。

横山秀蔵である。色白の整った顔にすらりとした姿、剃り立ての月代《さかやき》がまぶしく輝いていた。秀蔵はこめかみのあたりを指先でこりこり掻きながら、遠くに視線を飛ばして、次郎と五郎七に気づいた。

表情も変えず、こっちに来なと顎《あご》をしゃくった。

次郎がそばに行くと、ぷうんと新しい鬢付《びんつ》けのいい匂いがした。黒紋付きの羽織を肩を動かして羽織り直し、右手を懐に入れた。

「仏は本船町の魚問屋・魚正の女房だ。後添《のちぞ》いらしいが……」

「それじゃ、お袖さん……」

次郎が遮《さえぎ》るように言葉を重ねると、秀蔵は知っているのかと聞いた。

「へえ。もとは吉原の吹雪という花魁で、魚正の正兵衛さんに身請けされたんです」

「吉原の花魁だった……」

「へえ、大和屋という傾城屋にいたと耳にしております」

「そりゃ聞き捨てならねえな」

秀蔵はぐいと片眉を動かして、空に舞っている鳶を眺めてから言葉を足した。

「いま、魚正の連中がやってくる。おまえたちはおれが指図するまで動くんじゃねえ」

「へえ」と、次郎と五郎七は同時に応じた。

しばらくして、血相変えた魚正の番頭や手代がやってきた。

「ほんとに、うちのおかみさんでございますか？」

ころころ太った男が秀蔵のそばに来て訊ねた。

「おまえは？」

「はい、番頭の与兵衛《よへえ》と申します」

「それじゃ仏の顔を拝んでもらおう」

秀蔵はそういって魚正の連中を、自身番の横にいざない、筵《むしろ》をめくって死体の顔を確認させた。

次郎もその死に顔をまじまじと見つめた。一瞬にして魚正の連中は息を呑んだ。

魚正の連中は、どうしてこんなことに、いったい誰がこんなことをと、口々につぶやいていた。

知っているお袖に間違いなかった。

「魚正の女房・お袖に間違いないな」

秀蔵が与兵衛に聞いた。

「へえ、おかみさんです」

「土手《どて》っ腹《ぱら》を突かれて、川に落とされたようだ。どうしてこんなことになったかは、これからの調べだが、身許がわかったとなれば、いつまでもここに置いておくわけにはいかねえ。店に運んでくれるか……」

秀蔵の指図で、お袖の死体は戸板に乗せられて本船町の魚正に運び込まれた。次郎たちも金魚の糞《ふん》よろしくあとについてゆき、秀蔵のあらためての調べに付き合った。

そこでわかったのは、昨夕、お袖が家を抜け出していたということだった。時刻は六つ半（午後七時）から宵五つ（午後八時）の間だった。中風を患っている亭主の正兵衛が自分の寝間に引き取ったあとらしい。

だが、お袖が家を出て、どこに行こうとしていたのかはわからない。

まず考えられることは、下手人に呼び出されたということだ。だが、その下手人について店の者は誰も心当たりがないと、互いの顔を見交わすだけだった。

魚正は本船町の魚河岸でも大きな魚問屋で、一日の水揚げも大変な量だという。売り上げも日に百両は下らないという噂のある店だった。そのために使用人の数も多い。

まず主・正兵衛の家族が五人、番頭と三人の手代の下には、六人の奉公人と女中が三人いた。女中の二人は住み込みである。

「亭主は寝たきりらしいな」

騒ぎを聞いて寝間からやってきた正兵衛に、秀蔵は顔を向けた。

「寝たきりって程のことはありませんが、まあこのごろはそんな按配《あんばい》です」

正兵衛はしゃべることに不自由はしていないようだが、右足と右手が麻痺《まひ》しているのか、小刻みにふるえていた。そのために、家のなかを移動するときには介《かい》添《ぞ》えを必要としていた。髷《まげ》に霜を置いた五十がらみの男で、患っているわりには目の輝きに力があった。

「お袖は、おまえさんには何もいわずに出かけたのか？」

「何も聞いておりません」

正兵衛は自分の女房が殺されたというのに、とくに悲嘆した様子はなかった。おいおいと肩をふるわせて泣いているのは、若い女中ひとりだけだった。

秀蔵はあれこれとお袖について訊問していった。

お袖の人間関係、店の者がお袖をどう思っていたか、恨みを買うような女だったか、恨んでいる人間に心当たりはないかなどである。

しかし、店でのお袖の評判は悪くない。むしろ苦界から救い出された恩に報いるために、朝から晩まで汗を流してははたらく女だったらしい。また、お袖にいい寄ったり、手を出そうとするような男もいなかったという。

「少なくとも、旦那さまの後添いとして店にいらしてからは、旦那さまや店に尽くしていらっしゃいました。人に恨まれるようなこともなかったはずです」

番頭の与兵衛がいう。

「今夜明日は通夜や葬儀で何かと大変であろうから、また出直すことに致す。しかし、なにか気づいたことがあれば、すぐに知らせてくれ」

「旦那、それじゃ、これから聞き込みに……」

表に出るなり小者《こもの》の寛二郎《かんじろう》が秀蔵を見た。

次郎もそのキリッとした顔を見て、

「旦那」

と声をかけた。なんだと、秀蔵が見返してきた。

「おいら、お袖が、知っている男と会っているのを見てるんです」

とたんに秀蔵の眉間にしわが刻まれ、目が光った。

「いつのことだ?」

六

これが最後の一本だった。

その日、菊之助は仕事場にこもりきりで研ぎ仕事に精を出していた。研ぎ注文を急《せ》かされているわけではなかった。ただ、仕事でもして気を紛《まぎ》らわせなければ、どうにも気持ちが落ち着かなかったからである。

もちろんそれは、今朝、久蔵と話したことに端を発していた。話というより、あれは一方的に罵《ののし》られたといったほうがいいだろう。

普段、研ぎ仕事をするときは、他人には説明のつかない無我《むが》の境地に入ることができ、心に安寧《あんねい》を覚える。また、心がささくれたときにも、研ぎ仕事はひとつの薬になった。いやなことを忘れたり、我が身を省《かえり》みることができるからだった。

今日は騒ぐ気持ちを鎮めるために、仕事に打ち込んでいたのである。仕事をしながら思うことはいろいろあった。

久蔵の考えには納得できることもある。しかし、問題はそのやり方である。暴力で人を制して、仕事を覚え込ませようとすることに感心しないのだ。人を育てるということはそうではないと、菊之助は思っている。

力でねじ伏せて教え込むというやり方もたしかにあるだろうが、それがすべて正しいわけではない。それは無理強《じ》いをしているだけにすぎない。もちろん、厳しい環境のなかで立派に育つ人間もいるだろうが、百人が百人、それが通用するとは思えない。

それに、久吉の目がいまでも菊之助の脳裏に焼きついていた。

父親の久蔵を憎々しげににらんだあの久吉の目である。人を尊敬する眼差しでは決してなかった。あれは人を忌諱《きき》する恨みがましい目であった。

久吉がこれ以上親を恨まないことを願うばかりであるが、また久蔵にもこれ以上、女房子供に乱暴をしてほしくないという思いがある。

菊之助は「店の敷居を二度とまたぐな」と、久蔵に吐き捨てられた。だからといって、一度は口を出した手前、このまま放ってはおけないという思いがある。

「さてさて、どうしたものか……」

つぶやきを漏らした菊之助は、仕上砥《しあげと》を使って研いだ包丁をかかげて、親指の腹で切れ味をたしかめるようにさわった。きれいに研ぎあがった刃の向こうに、西日を受けて赤く染まった腰高障子《こしだかしょうじ》があった。

長屋をまわる魚屋の声が聞こえてきた。路地には子供たちのはしゃぎ声がある。

菊之助は包丁を洗うと、きれいに水を拭き取って晒《さらし》に包んだ。注文を受けていた包丁はすべて研ぎ終わっていた。

大きく背伸びをして、腰と肩をたたいた菊之助は三和土《たたき》に下りて、長屋の屋根に切り取られた四角い空を見あげた。

黄昏《たそが》れてはいるが、まだ日が暮れるまでには間がありそうだ。

晒でくるんだ包丁を束にすると、小脇に抱えて長屋を出た。これを届けると、新しい注文を受けるだろうが、それは急ぎ仕事にはならないはずだ。

少しゆっくりするかと考えた。それから、久蔵のことはもう少し頭を冷やして考えるべきかもしれないとも思った。

何より久蔵と久吉は血のつながった親子である。久蔵の乱暴がいくらひどくても、殺しに発展するとは思えない。むしろ心配なのは、息子の久吉のほうだった。これまで辛抱《しんぼう》に辛抱を重ねて堪えていたものが爆発して、逆上の挙げ句……。

——いやいや、そんなことはあるまい。

胸の内でつぶやいた菊之助は、かぶりを振って歩いた。

包丁の届け先は五軒であった。それも住吉町《すみよしちょう》に堺町《さかいちょう》、そして新乗物町《しんのりものちょう》と近場だったから、配達はすぐに終わった。それでも秋の日は釣瓶《つるべ》落としで、最後の新乗物町の店を出たときには、うす暗くなっていた。

通りにぽつぽつと、提灯の赤い灯《ひ》が点《とも》されてゆく。それに合わせるように、暖簾をくぐる客の姿が見られた。

源助店の仕事場に戻り、新たに注文を受けた包丁を置いて、同じ長屋の南側筋にある自宅に戻ると、客があった。

「菊さん、蛍亭の……」

と、お志津にいわれるまでもなく、座敷にきちんと正座をしている久吉の姿が目に入った。待っていたらしい久吉は頭を下げた。

「いったいどうしたというのだ？」

「はい」

久吉はそういって、しばらくうつむいて黙り込んだ。

「何かまたあったのか？」

「じつは飛び出してきたんです」

久吉は頭をあげて口を引き結んだ。

菊之助はそばに行って腰をおろした。

「飛び出してきたって……」

「もう我慢がなりません。毎日毎日怒鳴られ殴られ……それでも、おとっつぁんに負けない料理人になろうと思っていましたが、もうついていけなくなりました。今朝、荒金さんが見えて、おとっつぁんにいってくれた言葉が胸にひびいたんです」

「わたしの言葉が……」

「はい。荒金さんは、ときに人間は過ちもすれば、粗相もする。それをいちいち咎め立てしていたんじゃ人は育たないとおっしゃいました」

たしかにそんなことをいった。

「そのとおりだと思います。おれも、じつはそんなことを考えていたんです。このままあの店にいたら、おれはどうなるかわかりません。何度おとっつぁんを殺してやろうと思ったことか、何度店に火をつけてやろうと思ったことか……。それでも我慢していたんです。おとっつぁんがいうように、一人前の料理人になりたいなら、このぐらいでへこたれてはならないと、歯を食いしばって堪えていたからです。だけど、もう……」

久吉は悔しそうに唇を噛んで、腕で目のあたりをぬぐった。

「飛び出してきたといったが、行くあてはあるのか?」

「やさしくしてもらっている親戚があります。おれの味方をしてくれる家で、何かあったらいつでもおいでといわれているんです」

その親戚は品川《しながわ》で飯屋をやっているらしい。

「とにかく荒金さんには失礼をいたしました。おれに免じて、おとっつぁんのこと勘弁してくださいませんか。ただ、それを言いたくてやってきたんです」

久吉はそういって頭を下げた。

菊之助とお志津は顔を見合わせた。正直、久吉に感心した。子は親を見て育つというが、親の短所を子が補っているのだ。

「何もおまえに謝られることはない。それに、わたしも余計な口出しをしたことを気に病《や》んでいたのだ。だが、このままではまたあの父親のことだ、無事にはすまないのではないか?」

「そうかもしれませんが、おれには他に考えられないんです。おれがいなくなったことで、おとっつぁんが変わらなければ、それでおしまいでしょうが、少しは考えるはずです。そうでなきゃ、親じゃありません」

「それで、いつまで親戚の家に厄介《やっかい》になるつもりだ。まさか一年二年というわけにもいかないだろう」

「とりあえず一月《ひとつき》ばかり様子を見たいと思います」

「ふむ、そうか……」

菊之助は腕を組んだ。それから久吉の決心が固いのかどうかを探るように見た。

「……気は変わらないんだな」

「変える気などありません」

「だが、いずれは店に戻る。そのつもりなんだな」

「……それは、いつになるかわかりませんが、やはり親の店ですから、いつまでもというわけにはいかないと思いますので……」

菊之助は宙に目を据えて、うむうむと数度うなった。それから、腕組みをほどくと、ぱんと膝をたたいた。

「よし、わかった。おまえはその親戚のうちに行きな。そして、おまえが店に戻るときには、わたしがいっしょについて行くことにしよう」

「え、荒金さんが……」

「そうしてくれ。わたしがいっしょに行けば、おまえへのあたりもいくらかは違うはずだ。それに、わたしにも考えがある」

「考え……」

「いいからまかせておきなさい」

七

「菊さん、考えがあるとかおっしゃいましたが、いったい何を考えているのです？」

久吉が家を出ていったあとで、お志津が膝を詰めてきた。

「考えはあるが、とにかくしばらくは様子を見るのが先だ」

「またわけのわからないことを……それで、昨夜蛍亭の久蔵さんのことは大まかに聞きましたけれど、そんなひどい人なのですか」

「気が短くて、気が荒いってことをのぞけば、考えはしっかりしているし、根は悪くないと思う。料理の腕もかなりの評判であるから、ものの道理はわかっているはずなのだ」

「それなのに、息子に見放されるようなことを……おかみさんは大丈夫なのかしら」

菊之助が気にしていることを、お志津が口にした。

「うむ、そこが気になるところなのだ。倅が店を飛び出したことを、女房のせいにしなければよいのだが……」

「おかみさんに八つ当たりしていたらどうされます」

菊之助はお志津をじっと見返した。細面《ほそおもて》の白い頬が行灯に染められている。

「そういわれると、じっとしておれなくなるな。よし、様子だけでも見に行ってみるか」

「待ってください。わたしもいっしょにまいります」

腰をあげかけた菊之助に、お志津が追いすがるようにいった。

「……そんなに気になるなら、いっしょにまいるか」

それから二人してすぐに家を出て、長谷川町の蛍亭に向かった。

夜の帳《とばり》は下りているが、空には皓々《こうこう》とした月が浮かんでいた。

蛍亭のそばには居酒屋や料理屋、それから一膳飯屋などの店がある。そのなかにあって、真新しい軒行灯と蛍亭と染め抜かれた暖簾はひときわ目立っていた。

決して大きな店ではない。土間席を入れた客間は、およそ八坪程度だろう。よほど忙しくなければ、亭主と女房の二人でも十分やっていけるはずだ。

菊之助とお志津は暖簾越しに店をのぞき見たが、とくに変わった様子はなかった。客は五分《ぶ》の入りといった程度で、店全体には落ち着きが窺われた。

菊之助は念のために近所の店の主に、蛍亭のことを訊ねた。

「いやあ、今朝は驚いちまったが、あとはおとなしいもんだよ。おかみさんと仲良く買い出しに行ったりしているようだしね」

「騒ぎはないんですね」

「ああ、そんなしょっちゅうやられたんじゃ、こっちだって迷惑だ。なんでそんなことを聞くんだい？」

頭に豆絞りの手拭いを巻いた主は、怪訝《けげん》そうな目を向けてきた。

「いえ、その、店に入ろうかどうしようか迷っていたら、そんな話を聞きましてね」

なあ、と菊之助はお志津を見ていう。いわれたお志津は心得顔でうなずいた。

「この店の大将が気が荒いのは名物になりかけているからね。だけど、腕はいいらしいよ。入っても損はないらしい」

主はそういって自分の店に引っ込んだ。

女房のお福に災いがかかっていないことを知った二人は、そのまま自宅長屋に後戻りした。ところが、長屋の木戸口に入ろうとしたとき、物々しい感じの男たちが出てきた。

「ちきしょう、あの野郎どこに行きやがった」

ひとりがそんなことをいって、どんと菊之助の肩にぶつかった。

「なんだ、てめえ。気をつけねえか！　どこに目をつけてやがんだ、このうすのろが」

男は菊之助を罵って仲間に顎をしゃくった。

「おい、待て」

菊之助は男たちの背中に、静かな声をかけた。

三人の男が足を止めて、一斉に顔を振り向けてきた。

第二章　侍客

一

「なんだ。文句でもあるっていうのかッ」

ひとりが怒鳴り返してきた。

菊之助は三人をたしかめるように見た。腰切《こしき》り半纏《ばんてん》に股引というなりだ。

「ずいぶんと、無礼なものいいをするな」

「何をッ」

背の高い男が詰め寄ってきた。菊之助にぶつかった男だ。

お志津が腕をつかんで、「菊さん」と心配そうにいった。

「やい、唐変木《とうへんぼく》。無礼とはなんだ無礼とは。こちとら目ン玉光らせて歩いていたんだ。ぶつかっておいて謝りもしねえで、『待て』ときやがった。こちとら虫の居所が悪いんだ。女連れだからって容赦しねえぜ」

いきなり拳骨を飛ばしてきたので、菊之助はひょいと小腰をかがめるなり、相手の腕をつかむと、腰に乗せてそのまま地面にたたきつけた。

「うぐっ」

したたかに腰を打った男は、海老折《えびおり》になって苦しんだ。それを見た他の二人が、薄闇のなかでさっと顔色を変え、懐から匕首《あいくち》を取り出して閃《ひらめ》かせた。

「刃物なんか出すんじゃない。喧嘩を売る気などさらさらないのだ」

「だったら、なんだってんだ。勘弁ならねえぜ」

男たちは聞きわけがなかった。いきなり匕首を振ってきた。だが、それに殺意はなく、ただの脅しだとわかる。それでも、油断はできないので、菊之助は後ろに跳んでかわした。調子に乗った相手は、さらに詰め寄ってきて匕首を横に縦に斜めにと振りまわす。

しかも、二人がかりである。尻尾《しっぽ》を巻いて逃げるわけにもいかないので、菊之助はお志津に下がっているように命じて、撃ちかかってきた男の鳩尾《みぞおち》に拳をめり込ませると、横合いから斬りつけてきた男の足を払って倒した。

あっという間にたたき伏せられた三人は、それぞれに腰をさすったり腹を押さえたりしていた。

「虫の居所が悪いらしいが、誰かを捜しているようだな。わたしはこの長屋の者だ。いったい誰に用があるのだ？」

三人の男たちはそれぞれに顔を見合わせた。それから最初の背の高い男が、

「直吉って野郎だ。おかみさんを殺した下手人らしいからひっ捕まえに来たんだ。まさか、あんたが知ってるってんじゃねえだろうな」

といって、埃を払って立ちあがった。他の二人もゆっくり立ち、菊之助をにらんだが、最前の威勢のよさは消えている。菊之助にはかなわないと悟ったのだ。

「直吉が人を殺したというのか……」

菊之助はお志津を振り返ってから、

「おまえさんらはどこの者だ？」

と、訊ねた。

「おれたちゃ本船町にある魚正に世話になっている者だ。今朝、魚正のおかみさんの死体が鎧河岸であがったと聞いてびっくりしたが、昼過ぎに下手人のことがわかった」

「それが直吉だというのか」

「そういうことだ。村雨屋の手代だっていうから乗り込んでみりゃ、当の本人は案《あん》の定《じょう》雲隠れだ。それでこの長屋に住んでるっていうんで来たが、あいにくの留守だ」

「あんた、直吉の居場所に心当たりはねえか」

小太りが聞いてきた。

「いや、知らぬ。そういうことがあったのも、いま聞いたばかりだ」

「同じ長屋に人殺しがいるんだ。放っちゃおけねえぜ。見つけたらとっとと御番《ごばん》所《しょ》に突き出すことだ。おい、行くぜ」

小太りは手の甲で顎のあたりをぬぐい、仲間をうながして去っていった。

「直吉さんが殺しを……」

三人を見送りながらお志津が、ぽつんとつぶやいた。

「殺しだったら次郎が知っているかもしれぬ」

菊之助はそういって次郎の家を訪ねたが、戸は閉まったままだった。

「それにしても、なぜ直吉が魚正のおかみを……」

つぶやきを漏らした菊之助は、長屋の暗い路地を眺めた。

魚正は日本橋の魚市場でも大きな問屋だ。幕府賄《まかな》い方《かた》の御用達《ごようたし》の一軒でもあり、当然菊之助は知っていたが、おかみや主のことはよく知らなかった。

ただ、直吉が魚正のおかみを殺《あや》めたというのが信じられない。直吉は越してきて間もないが、履物問屋の手代というだけあってそつのない挨拶をし、愛想《あいそ》もよかった。また華奢《きゃしゃ》で色白の整った顔立ちだから、長屋の女房たちにも人気があった。

「本当に直吉さんの仕業《しわざ》なのかしら……」

家に戻ってからお志津が首をかしげた。

「さっきの男たちのいうことをそのまんま信じればそうなるが、詳しいことを聞かなければわからない」

「でも、魚正の奉公人が殴り込みに来るというのはいただけませんわ」

「奉公人ではなく、大方、魚正に目をかけられている河岸人足だろう。直吉が下手人だとわかっているなら、町方が奉公先や住まいはすでにあたっているはずだ。それを知ってか知らずかわからないが、じっとしてはいられなかったのだろう」

「それじゃ、次郎ちゃんは調べに……」

「うむ。どうかわからぬが、帰ってきたら聞いてみることにしよう」

二

次郎は通夜が行われている魚正の表で、五郎七といっしょに弔問客を見張っていた。もちろん、付近にあやしい人影はないかと目を光らせてもいる。

「さすが大店《おおだな》だけあって、人が多いですね」

「多いが、吉原からも来てるのかな。花魁のような女は見ねえが……」

五郎七は蒸《ふ》かし芋を頬ばりながらいう。

「花魁は、吉原から出ることはできないでしょう。花魁が来るとは思えませんがね。それに、魚正の旦那も吉原には知らせはしないでしょう」

「知らせねえか。……まあ、そうかもしれねえな。しかし直吉の野郎、どこに消えやがったんだ……」

五郎七がいうように、次郎たちは直吉の勤め先である村雨屋にも長屋にも調べを入れていた。しかし、直吉は今朝から店に出ておらず、長屋にも昨夜から帰っていないことがわかっていた。また、直吉とお袖がどんな間柄であったかもはっきりしていない。しかし、次郎の目撃談から直吉が下手人と考えてほぼ間違いないだろうと、秀蔵も考えているようだ。現に直吉は姿をくらましているのである。

魚正の表には提灯がずらりと並べられている。昼間、水桶《みずおけ》や盤台《ばんだい》の並べられている通りは、月夜も手伝ってずいぶんと明るい。お陰で弔問客の顔をはっきり見ることができた。

「だいぶ人が少なくなりましたね」

次郎は魚正の表を見ながらいった。

「宵五つ（午後八時）の鐘をさっき聞いたからな」

五郎七は生欠伸《なまあくび》をした。

そのとき、一方の通りから着流しの裾をひるがえしながら、秀蔵がやってきた。そばに甚太郎《じんたろう》と寛二郎がついている。

「何かあったか……」

秀蔵はそばに来るなり声をひそめた。

「いや、これといって気になる男も女も見かけません」

五郎七が答えて、吉原のほうはどうでしたかと聞き返した。秀蔵はお袖のことを調べるために、吉原にある大和屋という傾城屋に行って帰ってきたのだ。

「あっちもわからねえ。今夜はもういいだろう。腹は空いてねえか？」

「さっきから腹の虫が鳴きっぱなしです」

五郎七は蒸かし芋を食ったばかりのくせにそんなことをいう。

「それなら飯でも食いに行こう」

秀蔵に誘われた次郎たちは、青物町《あおものちょう》にある飯屋に入った。飯屋といっても夜も商っているから酒も出せば、その肴《さかな》も出す店だ。しかし、秀蔵は甘党で酒はあまりたしなまない。

酒好きの五郎七や甚太郎も酒を遠慮するので、自《おの》ずと次郎もそれにならうしかない。

「吉原のほうはひとまず置いておくが、まずは葬式一切が落ち着いたら魚正の奉公人たちをひとり残らず調べる」

秀蔵は鯖《さば》のみそ煮をつつきながら飯を頬ばる。

「直吉も放ってはおけません」

甚太郎は香の物をぽりぽり嚙みながらいう。

「あたりまえだ。直吉のことは明日から徹底して捜す。次郎」

「へい」

みそ汁をすすっていた次郎は、椀を置いて手の甲で口をぬぐった。

「おまえは明日の朝、大家に断って直吉の家を家探《やさが》ししろ。狭い家だからひとりで十分だろう」

「わかりやした」

「甚太郎と寛二郎は、おれと村雨屋に行く。五郎七、おまえは魚正の葬儀を見張っておけ。終わったら数寄屋《すきや》橋前の〈桜庵《さくらあん》〉に来い。そこでおれと連絡《つなぎ》がつくようにしておく」

秀蔵はてきぱきと指図をしながら、飯をひたすらかき込む。食欲旺盛だ。

「それじゃ、明日のことはわかったな」

飯を食い終わると、茶を飲んでみんなを眺めた。

「へえ、承知しやした」

甚太郎がまっ先に答えると、他の者も同じような返事をした。

秀蔵がぽんと放り投げた財布を器用に受け取った次郎は、「勘定だ」と店の者に声を張った。

「次郎、勘定しな」

皓々と照る月が薄絹のような雲に隠れてぼやけた。

空には星が散らばっている。

小網町三丁目の自身番の番人・虎三《とらぞう》と良吉《よしきち》は、見廻りに出たばかりだった。二人の影法師《かげぼうし》が地面を這《は》いながら進む。虎三は拍子木《ひょうしぎ》を打ち鳴らし、「火の用心」と声をかける。良吉は提灯を持って足許を照らす。

秋は深まっているので、吹きさらしに出ると寒いぐらいである。

二人は行徳《ぎょうとく》河岸をゆっくり歩き、周囲に目を凝《こ》らしながら、「火の用心」と声をかける。これから火事の多い季節だから見廻りは大事な仕事だった。

「それにしても、今夜はやけに冷えるな」

と、良吉がぶるっと肩を揺すった。

「もう冬が近いんだ。富士山の雪化粧も明日はもっと濃くなるだろう」

「ちげェねえ。おい、小便させてくれ」

良吉は汐留《しおどめ》橋の手前で左に折れた。この先にも町屋《まちや》はあるが、それは高《たか》がしれた数で、その先は大名屋敷だ。人の影すら見えない。

「ここでいい。そこで待っててくれ」

良吉は入堀の岸に立つと、股引をずり下ろして放尿にかかった。小便が放物線を描いて堀のなかにどぼどぼと落ちる。月が雲から出たらしく、さっきより明るくなった。

「お茶ばかり飲んでるから小便が近《ちけ》えんだな」

そういって小便をすまして、股引の紐を結びはじめたとき、堀に何かがぷかりと浮かんだ。なんだと目を凝らすが、よくわからない。

「おい虎三、来てみろ。何かが浮かんでいる。……提灯で照らしてくれ」

虎三がやってきて提灯で堀川を照らした。

と、二人の目が一瞬、見開かれ、息を呑んだ。

「し、死体じゃねえか……」

良吉が声をふるわせれば、

「死人だよ。おい、おい……」

虎三は良吉の腕にしがみついて、腰を抜かしそうになった。それでも、二人は目の錯覚ではないかと、よく目を凝らした。髷の乱れた顔が、ぷかりぷかりと漂っている。浅葱《あさぎ》色の着物が乱れ、帯がほどけそうになっていた。

「や、やっぱり死人だよ！」

悲鳴じみた声をあげて良吉が飛びすさって尻餅をついた。

「お、おい。幽霊じゃねえよな」

「水に横たわる幽霊なんかいやしねえよ」
「そ、それじゃ、早く知らせなきゃ」
二人は草履《ぞうり》の音をぱたぱたいわせて駆け出した。

三

鵯《ひよどり》が長屋にある柿の木にやってきては、熟した実をついばみ、いびつな鳴き声をあげていた。井戸端で顔を洗った菊之助は、肩に手拭いを引っかけて自宅に戻り、戸口の鉢植えの千両《せんりよう》を菊の鉢と入れ替えた。そっちのほうが見映《みば》えがいいからだ。

ひとり納得して、今日も高く晴れた空をあおぐ。どこからともなく金木犀《きんもくせい》の甘い匂いが漂ってきた。

そのいい匂いを邪魔する焼き魚の匂いも漂ってきたので、菊之助は小鼻にしわを寄せたが、何のことはない、お志津が秋刀魚《さんま》を焼いているのだった。

「朝から秋刀魚か……」

声をかけると、手拭いを姉さん被《かぶ》りにしたお志津が、七輪《しちりん》をあおぎながら顔を振り向けた。

「魚屋が、今朝はこれが一番だというんですよ」

「まあ、悪くないだろう」

「やっぱり魚正のことは噂になっているようですね。この長屋に住む手代が下手人ではないかというんです」

「江戸は広いというが、思ったより狭いからな。それに魚屋だったら無理もない」

菊之助が居間にあがって湯呑みを持つと、

「菊さん」

と、次郎が姿を見せた。お志津にも気づき、朝の挨拶をする。それから勝手に菊之助のそばにやってきて、知っていますかと聞く。

「魚正の件だろう」

「へえ、そうなんです。で、手代の直吉が下手人じゃねえかって見当をつけたのは、おいらなんです」

「なに、おまえが……」

菊之助は湯呑みを置いて、どういうことだと訊ねた。

「一昨日《おととい》の昼間、暇にまかせてぶらぶら歩いていて偶然《たまたま》見ちまったんですよ」

次郎はそういって、お袖を見かけて尾《つ》けるように歩き、常盤稲荷のそばで直吉と何やら親しそうにしていたことを話した。

「直吉とお袖さんが……」

菊之助はつぶやいてから、茶に口をつけた。

「おいらはてっきり逢い引きだと思いましたね。いや、その約束をしていたんじゃねえかと。だけど、他人のことですから黙っていようと思ったんですが、何のことはねえ、こんな騒ぎになっちまった」

「調べはどこまで進んでいるんだ?」

「まだ、はじまったばかりですが、肝腎《かんじん》の直吉が見つかりませんから……」

「直吉が下手人だというたしかなものがあるのか?」

「いや、それは……ですが横山の旦那も、まずは直吉の仕業だと考えていいといっておりますし、店も無断で休んでいます」

「ふむ。あやしいのには違いないだろうが……」

「なんだなんだ、菊さん、おいらのいうことを疑っているんですか」

次郎は不平そうな顔で勝手に茶を淹れる。

「そういうわけではないが……」

「でも、直吉さんとお袖さんは何を話していたのかしら。次郎ちゃん、それは聞いていないの」

いつの間にかお志津がそばにやってきて、興味津々《しんしん》の顔を次郎に向けた。

「話を聞くには遠かったので聞いちゃいませんが、あれはただならぬ関係ですよ。なにせ、手を取り合って、仲よさそうに話をしてたんですからね」

「それじゃ、いつからの付き合いだったのかしら……」

「そりゃわからねえけど、魚正の旦那は中風で体が思うように動かなくなっちまってんです。その女房のお袖さんは、もとは吉原の花魁です。男を誑《たぶら》かすのは赤子《あかご》の手をひねるようなもんでしょう。とはいっても、直吉がたらし込んだのかもしれませんけどね」

「おまえも、いうようになったな。それで、どうせ飯はまだだろう、いっしょに食っていくがよい」

「へへ、いいんですか。でも、秋刀魚は二人分しかないんじゃ……」

相好《そうごう》を崩した次郎は一応気配りのあることをいう。

「気にすることありませんよ。わたしには鯖《さば》がありますから……」

お志津は微笑《ほほえ》みを残して台所に戻った。

膳部に支度が調《ととの》うと、菊之助と次郎は飯に取りかかった。お志津は自分の塩鯖を焼いている。菊之助は飯を食いながらときどき次郎を見た。出会った当初はまだあどけない顔をしていたが、すっかり大人の顔つきになっている。秀蔵の助《すけ》働《ばたら》きも板についてきたようで、市中の事情にも通じている。

「菊さん、仕事は忙しいんですか？」

「そうでもない。急ぎの仕事は昨日すませてしまったのでな……」

菊之助はみそ汁に口をつけた。具は豆腐と油揚げだ。それに葱《ねぎ》をぱらっと散らしてある。炊きたての飯なら、みそ汁だけで十分いける味だった。

「これから直吉の家の家探しをするんですが、いっしょにやりませんか？」

「家探し……」

「へえ、直吉とお袖さんの関係を探らなきゃならないし、それに消えた直吉の手掛かりが見つかるかもしれませんから」

菊之助はしばらく考えてから、

「ふむ、よかろう」

と、応じた。

飯をすませた次郎が家主から家探しの許可をもらってくると、早速直吉の家に入り、家探しをはじめた。菊之助の仕事場と同じ九尺二間《くしゃくにけん》の造りである。独り身のわりには、茶箪笥《ちゃだんす》に着物箪笥、長火鉢などと調度《ちょうど》が揃《そろ》っていた。台所の茶器類も少なくない。

行李《こうり》のなかをあさり、箪笥のなかを探すが、書きつけや文《ふみ》といったものは見つからなかった。気になるものがあるとすれば、麝香《じゃこう》や伽羅《きゃら》や羅国《らこく》といった香があるぐらいだ。それもまだ真新しく、数も多かった。

「何もありませんね。文でもありゃいいのに……」

次郎がぶつくさいいながら衣紋掛《えもんかけ》にかかっている着物の袖に手を入れたとき、

「これは荒金の旦那」

という声がして、五郎七が戸口に姿を見せた。

「おまえも家探しの手伝いか」

菊之助が応じると、五郎七は鼻の前で手を振って真顔になった。

「また死体が見つかったんです」

「なんだと……」

四

小網町三丁目の自身番に行くと、秀蔵の姿があった。駆けつけてきた菊之助を見ると、涼《すず》やかな目を細め、

「おまえも来たか」

と、愛想のないことをいってから、

「お袖と同じように腹をひと突きだ。手口も同じなら、おそらく使った得物《えもの》も同じだろう。仏はそっちだ」

秀蔵は自身番裏に案内した。

甚太郎が死体に被せてある茣蓙《ござ》をそっとめくると、菊之助と次郎は同時に驚きの声を漏らした。

「なんだ、知ってる顔か？」

秀蔵が目を瞠《みは》った。

菊之助が、直吉、とつぶやいた。

「村雨屋の手代だというのか？　おい、次郎」

「へえ、間違いありません。これはうちの長屋に住む村雨屋の直吉です。だけど……いったい、どうなってんだ……」

死体と秀蔵を交互に見る次郎は、狐《きつね》につままれたような顔をしていた。

「直吉の死体はどこに……」

菊之助は腰をあげてから秀蔵を眺めた。

「汐留橋のそばだ。見つけたのはこの番屋に詰めている二人の番人で、昨夜のことだ。とりあえず身許がわかったのはさいわいだった」

秀蔵は剃りたての顎をつるっと撫でると、村雨屋に甚太郎を、源助店の家主宅に次郎を走らせた。

その後、死体を発見した番人二人から話を聞いたが、下手人捕縛《ほばく》につながるような話は何も聞けなかった。

それから小半刻《こはんとき》(三十分)後——。

菊之助と秀蔵は、自身番そばの茶店に場所を移していた。

日本橋川の岸辺に蔵が建ち並んでいる。白い海鼠壁は日の光でまぶしく、蔵と蔵の間を通して上り下りする舟が見える。このあたりは地回りの塩問屋の他に、船積問屋、醬油酢問屋、干鰯〆粕《ほしかしめかす》問屋などが軒を並べている。

二人が座っている茶店の隣は鍋釜問屋だった。各問屋と蔵を人夫や荷車が往復している。捻《ねじ》り鉢巻きに腹掛け、半纏《はんてん》というなりだ。また、日本橋方面や深川《ふかがわ》方面に向かう通行人も多い。

「直吉の様子から、殺されたのはお袖と同じ晩じゃねえかと思うんだ」

ふうふうと茶を吹いてから秀蔵が口を開いた。

「同じ晩……」

「傷口のふやけ方から、昨夜や昨日ってことは考えられねえ」

この辺は八丁堀同心としての長年の経験なのだろう。秀蔵はつづける。

「いずれにしろ、検死の医者に見てもらうが、おそらくそうだろう」

「重石《おもし》がつけられていたそうだな」

菊之助は秀蔵の端整《たんせい》な横顔を眺めた。

「二貫目《かんめ》（約七・五キロ）ほどの石をくりつけてあった。だが、死体ってやつはよほどの重石でないかぎり、必ず浮きあがってくる。死人の腹ンなかが腐ると、だんだん膨《ふく》らんで大きな浮きになるらしい。実際、おれはそんな死体《ほとけ》をいくつも見ている」

「……なるほど。しかし、お袖と同じ晩に殺されたとすれば、いったい下手人の目当てはなんだったのだろう」

菊之助は茶を飲んだ。

「お袖を殺したあとで、直吉が自殺をはかったとは考えられぬ。そんなことをするならいっしょに無理心中したほうが手っ取り早い。それに、自分の体に重石をつけて腹を刺すというのも考えにくい」

「それはそうだろう」

「一応、直吉のあがった堀のなかを浚《さら》ってはみるが……どうかな」

秀蔵は首を振ってから、大福をつまんだ。

そのとき、寛二郎がやってきた。

「旦那、村雨屋の主と源助店の家主が番屋に来ました」

「うむ、すぐまいる」

秀蔵は立ちあがって、菊之助を見た。

「おまえはどうする？　首を突っ込みかけているついでに動いてくれぬか」

秀蔵にしてはいつになく、ものやわらかい口調であった。菊之助は一度遠くに視線を投げた。とくに急ぎの用事はないし、事件には少なからず興味もある。しかし、ここであっさり秀蔵の申し出を受けるのも考えものだった。

「助だったら足りているだろう。次郎や五郎七もいるのだ」

「おまえの出番ではない、と申すか」

「ま、そんなところだ」

「ふん、生意気なことを……」

そのまま秀蔵はくるっと背を向けたが、すぐに立ち止まって言葉を足した。

「やい、菊の字。おまえの出る幕はいつでもあるんだぜ」

そういって去る秀蔵の後ろ姿を、菊之助は黙って見送った。

五

「え、あの直吉さんが……」

菊之助の話を聞くなり、お志津は目を丸くした。

「まだ、はっきりしたことはわかっていないが、わたしと次郎が死に顔をたしかめたから間違いはない」

「でも、なぜそんなことに……」

「それはわたしにもわからぬ」

菊之助は秀蔵から聞いたことを大まかに話してやった。

「直吉とお袖がどんな間柄だったのか、まずはそのことを調べるべきだろうが、いずれにしても下手人の手掛かりは何もないということだ」

「……でも、同じ夜に二人が、しかも近い場所で殺されたということは、下手人は二人のことをよく知っていたことになりますわね」

「当然であろう。秀蔵もその辺のことはわきまえているから、これからの調べ次第ですぐに捕まるかもしれぬ。そうであることを願うばかりだ」

「菊さんも秀蔵さんのお手伝いを……」

お志津が人の心をのぞき込むような目で見てきた。

「いいや。そうそうあやつの助をやっているわけにはいかぬ」

「でも、同じ長屋に住んでいた直吉さんのことですよ」

菊之助はお志津から視線をそらした。たしかに同じ長屋の人間である。心は動くが、

「畑違いの者が、安易にしゃしゃり出るわけにはいかぬだろう」

と、やわらかく受け流した。

お志津は、そうですねと応じた。

「ごめんくださいませ」

突然、そんな声が戸口にあった。

「これは、おかみさん」

菊之助は相手を見るなり驚いた。

蛍亭のおかみ・お福だったのだ。

「突然、お伺いして申しわけありませんが、先日は手前の亭主が大変失礼なことを申しまして、さぞやご気分を害されているのではないかと気が気でなかったのでございます。あのときのご無礼をお許しください」

お福は深々と頭を下げた。

「いえ、わたしもいらぬことを申しました。さ、そんなところにいないで、こちらへ。お志津、蛍亭のおかみさんだ。ささ、おかみさん、こちらへ……」

お福は菊之助にいざなわれるまま、恐縮の体《てい》で座敷にあがった。

お志津が急いで茶を差し出すと、

「これはつまらない物ですが、どうかお納めください」

お福は持ってきた風呂敷をほどいて菓子折を差し出した。大伝馬町《おおてんまちよう》にある有名な菓子屋〈竹村屋《たけむら》〉の最中《もなか》だった。

「こんなことはなさらなくてもよろしいのに……」

「いえ、無礼を申したのはこちらのほうでございますから」

お福は再度頭を下げた。

「まあ、あのことは忘れておりますから、どうかお気になさらず……それより、店のほうはどうです？　うまくいっておりますか」

菊之助はちらりとお志津を見て、余計なことはいうなと目でいい聞かせた。この辺は阿吽《あうん》の呼吸で、お志津は小さくうなずく。

「お陰様で店のほうはぼちぼちでございます。ただ、うちの亭主の癇癪《かんしやく》が直ればよいのですが、ご存知のように頑固な人ですから……。それでも、あの人は荒金さんのことを気にしているんでございますよ」

「わたしのことを……」

「はい。あんな腕のいい研ぎ師は滅多にいない。おれも口がすぎたと悔《く》いております。それに荒金さんは、もとはお武家の出ではないかと……。もしそうだとしたら、大変に無礼なことを申してしまったといっております」

「さようですか……」

「カッとなると収まりがつかなくなるので、いつも後悔するのですが、毎度毎度その繰り返しです。わたしは慣れておりますが、他人様《ひとさま》にだけは迷惑をかけてはならないと口酸っぱく申しているんでございます」

どうやら久蔵はただの乱暴者ではないようだ。

「しかし、店が繁盛しているのは何よりです。それで、久吉は元気ですか？」

菊之助はちらっとお志津を見てからいった。案の定、お福の顔が曇った。

「それが困ったことに、飛び出してしまいまして……」

「なぜ、そんなことに？」

「堪えられなくなったんでしょう。もう我慢がならない、修業なんて懲り懲りだと捨て科白《ぜりふ》を吐いて、ぷいと出ていってしまいまして……亭主は放っておけというのですが、わたしは気が気でありません」

「行き先は？」

お福はわかりませんと首を振って、

「間違いを起こさなければよいのですが、そのことが心配でならないのです」

と、小さなため息をつく。

菊之助は正直に久吉のことを話してしまおうかと迷った。お志津もお福に気づかれないように、菊之助の膝をつつく。

「つかぬことを伺いますが……」

菊之助はしばし考えてから言葉を切って、つづけた。

「久蔵さんの乱暴は昔からのことでしょうか？」

「荒いのは口だけですめばよいのですが、あの人はどうしても手が出てしまうんです。自分がそうやって修業してきたせいだとは思うのですが……。本人は口にはしませんが、手をあげたあとで、やりすぎたというのは感じているようです。現に二、三日はおとなしくしていますし、普段は些細なことで怒るのに、そんなときは見て見ぬ振りをすることもあります。しかし、もういい年ですし、持って生まれた性分《しょうぶん》であるなら、いまさらそれを直すこともできないだろうと、わたしはあきらめるしかありません」

「おかみさんはそれでよいかもしれませんが、久吉はやはり困るのでは……」

「それが頭の痛いところなんです」

「じつは知っているのです」

「は、何をでございますか？」

お福はきょとんとなって、目をしばたたいた。

六

「久吉の逃げた先です」

菊之助の言葉に、お福は目を瞠った。

「正直に話しましょう。店を飛び出したその足で、ここにやってきたんです。おかみさんと同じように、久蔵さんのことを許してくれと頭を下げられました」

「そんなことを……あの子が……」

「そうです。若いのによくできた息子だと思いました。それで、このことはかまえて久蔵さんには他言無用に願いますが、久吉は品川の親戚の家に居候《いそうろう》しているはずです」

「品川に……」

「なんでも飯屋だといっておりました」

「はあ、そうだったのでございますか。これはまた荒金さんにはご迷惑……」

菊之助はすぐに言葉を被せた。

「いやいや、迷惑などとは思っておりません。わたしは久吉のことが気に入りました。そこで、少しは役に立ちたいとひそかに考えているんです」

「あの子のために……」

「何もかも知っているわけではありませんが、たしかに久蔵さんの乱暴は感心できません。やり方を変えれば、親子の間はもっとうまくいくと思うのです」

「はあ……」

「久吉はひと月は品川で厄介になるといっておりましたが、そうそう自分の店を放っておくわけにはいかないでしょう。なにせ忙しい店だ。久蔵さんにもおかみさんにも、そのしわ寄せはあるはずです。そこでわたしは様子を見て、久吉を連れ戻そうと考えております」

「でも、そんなことをしたら、またあの人が……」

「まかせてもらえませんか」

菊之助が遮って、いった。

お福は要領を得ないという顔をして、

「そうおっしゃってくださるなら、おまかせいたしますが、またご迷惑をかけることになったら……」

と、恐縮の体である。

「わたしから申しているのです。どうかここは黙ってお聞きください」

お福はそれでも迷っているようだったが、結局は折れてくれた。

「それにしても突然、お邪魔をいたしました」

「いいえ、どうぞご遠慮なさらず、またおいでください」

お志津がにこやかにいうと、お福も口許に安堵《あんど》の笑みを浮かべた。

「荒金さんは、やはりお武家の出なのではありませんか？　苗字《みょうじ》がおありですし、物腰や言葉つきからもそうではないかと……」

「ははは、まあ士分を捨てたわけではありませんが、見てのとおりです。いまはこの暮らしが気に入っておりますし、武士だ武士だという世でもありません。ただの研ぎ師だと思ってくださって結構です」

「やはりそうだったのですね」

「人はみな平等なはずです。そうではありませんか」

「……やはり荒金さんは、その辺の人とは違う方です」

「そんなことはありません。同じですよ、同じ」

菊之助は明るく笑ってやりすごした。

お福はそれからしばらくして帰っていった。

「菊さん、あんなことおっしゃいましたが、じつはお店のほうは大変なんではございませんか。働き手がひとり足りなくなっているのですから」

「おまえが心配することはない。あの亭主はうまく切り盛りしているはずだ。それに、ひとりいなくなったことで、どれだけ久吉が大事であるかということをわかってくれるかもしれぬ。あの乱暴な頑固者にちょっとした灸《きゅう》を据えていると思えばよいだろう」

「気楽なことを……。はあ、わたしはときどき菊さんのことがわからなくなります」

お志津は首を振っていうと、湯呑みを片づけた。

ところがその夜遅く、またもやお福がやってきた。急いできたらしく、肩を上下に動かし荒い息をしている。しかも店を抜け出してきたのか、店にいるときと同じ前垂れをつけたままである。

「その、お侍のお客と亭主が揉め事を起こしまして……」

いかがしたのだと聞く菊之助に、お福は一度《いちど》つばを呑み込んでつづけた。

「お侍がお怒りで、亭主が斬られるかもしれないのです」

「何ですと……」

「お侍は亭主のことを許さない、覚悟していろと捨て科白を吐いて帰ってゆきました。いまは客がいますから様子を見て、店が終わってからやってくるのかもしれません。そんなことになったら……」

お福はぶるっと体をふるわせた。

「久蔵さんは店にいるんですね」

「はい、贔屓《ひいき》のお客が二人いるだけです。わたしは近所に用があるといって、店を抜け出してきただけなので、すぐに帰らなければ叱られてしまいますが……」

菊之助は宙の一点を見てしばらく考えた。そろそろ町木戸の閉まる夜四つ（午後十時）になる時刻である。

「万が一ということがあってはならぬ。よし、様子を見に行ってみようではないか」

武士言葉に変えた菊之助は、腰をあげて言葉を足した。

「おかみさん、詳しいことは歩きながら聞きましょう」

愛刀・藤源次助眞《ふじげんじすけざね》を腰に差して家を出たのは、それからすぐのことだ。

閑散とした町屋の通りに人の姿は見られなかった。提灯の明かりが遠くに見えたぐらいで、野良猫が小走りに道を横切っていった。

七

久蔵と侍が揉めた経緯を、お福は歩きながら説明した。

その侍の客がやってきたのは、店が混みはじめた六つ半（午後七時）過ぎのことだった。

「この店の評判を聞いてな。なかなか腕のいい料理人がいて、うまいものを食わせるというではないか。今日は楽しみにやってきた。料理はまかせるから、まずは酒をくれるか」

と、侍は機嫌のいい顔をしていた。

お福は料理を運んだり下げたりと忙しく立ち働きながらも、新規の客に気に入ってもらおうと、酒を届けたついでに酌をしてやった。

めずらしそうに店を眺めていた侍は、

「なかなか結構な店だ。目の邪魔にならぬ壁の一輪挿《ざ》しも、床の間の軸《じく》もよい。

さりげなくこの店を引き立てている。落ち着いた造りは気に入った。これは料理が楽しみだ。お、すまぬ」

酌を受けながら、いたく満足そうな笑みをお福に向けた。

店には品書きの短冊《たんざく》は置かれていない。小上がりの座敷の床の間に山水《さんすい》の掛軸があり、客間の三ヵ所の柱に掛けた一輪挿しには、椿《つばき》、すすき、赤い実をつけた藪柑子《やぶこうじ》が、それぞれに活けられている。

「どうぞ、ごゆっくりしていってくださいませ」

お福は愛嬌《あいきよう》のある笑みを見せて下がった。板場の洗い物もあるし、料理の上げ下げもあるから、なかなか忙しい。

久蔵は一見《いちげん》客だという侍に、鮑《あわび》と胡桃《くるみ》の和《あ》え物を出した。これは突き出しである。

「ほう、入れ物もいいな。どれ……」

侍は小鉢を褒《ほ》め、料理に手をつけて目を斜め上に向け、よく味わったあとで、

「うむ、よい。なかなかだ。やわらかく煮込んだ鮑の肉に、カリッとした胡桃がよく合わさっている」

と、食通らしいことをいって褒めた。〆鯖《しめさば》も浅い漬け方が絶妙であると、新し

い料理を運ぶたびに感想を述べた。

お福も嬉しくなり、お侍さまは口が肥えておいでですなどと言葉を返した。ところが、玉子の揚げに注文をつけた。

「玉子をうまく半熟に揚げてあるが、塩みが足らぬ。おかみ、これに塩を振ってこい」

料理を突き返されたお福は、顔をこわばらせた。こんなことは初めてであり、久蔵がどんな顔をするか不安になった。

「なんだと。塩をかけりゃ、まぶした酒の味が台無しになっちまうじゃねえか。生意気なことをいう客だ」

「おまえさん、相手はお侍だよ。ここは堪えて……」

「だったら、これを持っていけ」

久蔵は塩を盛った小皿をお福に突き渡した。

ところが、侍の注文はそれだけではなかった。汁物を出すと、味が濃すぎるから湯でうすめてこいといい、揚げ出し大根には醤油が足りないから足してこいといった。

一度なら久蔵も黙っていただろうが、二度も三度もとなれば、そうはいかない。

三度目にはついにたまりかねたのか、顔をまっ赤にするなり、前垂れの紐をほどいて足許に投げつけ、ずかずかと件《くだん》の侍の席まで行き、

「お客さま、お代はいらないのでお帰り願えますか」

といった。

「なに……」

侍は盃《さかずき》を膝許に置いて、久蔵をにらみあげた。

「いま何と申した」

「お代はいりませんので、帰っていただけますか。さっきからあれこれケチをつけられているとしか思えません。あっしの料理が気にいらなけりゃ、どこかよその店に行かれたほうがよいでしょう。どうもうちの店の味は、お侍さまの舌に合わないようです。さ、どうぞ、お引き取りを……」

久蔵は他の客の手前、穏やかにいったのだが、

「おい、えらそうな口をたたくでない！」

と侍が怒鳴ったので、楽しく食事をしていた他の客が驚いて、二人を見た。たちまち店のなかが静かになり、気まずい空気が漂った。

「きさま、己《おのれ》を何様だと思っている。驕《おご》ったことをいいおって。わしは味加減

が物足りぬと思ったから注文をつけたにすぎぬ。それが気に入らなければ、腕をもっと磨け」

「お言葉ではありますが、あっしは自信を持って料理を作っております。うちの味が物足りなければ、どうぞ他の店でお楽しみくださいといってるだけでございます」

「小癪《こしやく》なことをほざくなッ！　客がまずいといったらまずいのだ。誰もが満足できる味だと思ったらとんだ間違いだ。それをいい気になって商売をやってるようでは、この店もおしまいだ」

「おしまいだろうがなんだろうが、それはあっしの勝手でございます。店のやり方は、その店の主それぞれのはずです」

それからは売り言葉に買い言葉で、お互いに引かず、ついに侍は膳をひっくり返し、畳を蹴るように立ちあがると、

「きさま、たかが小料理屋の亭主のくせに、いっぱしの料理人を気取っているにすぎぬたわけ者ではないか。客に、それも武士に向かってよくぞ大口をたたいた。こんな店などつぶすのはわけないのだ。いまに思い知らせてやる。よいか、きさま。これから外を歩くときは気をつけることだ」

「料理にケチをつけたら、今度は脅しでございますか」

久蔵も気が強いので負けてはいない。

「なにをッ。命を縮めるようなことをぬかしおって、よし、そこまでいうならわしも心してかかる。覚悟しておけッ」

「それは大層お怒りのお顔でして、いまにも刀を抜かれるのではないかと肝を冷やしていたんでございます」

お福はそういって話し終えた。

「その侍はいつ来るとはいっていないのですな」

「それは申されませんでしたが、今夜だったらただではすまないのではないかと、気が気でないんです……」

「ただの脅しであればよいが……とにかく様子をみましょう」

蛍亭の通りに来たが、やはり人はまばらであったし、不審な侍の影もなかった。

「おかみさん、わたしは亭主には顔を見せぬほうがよかろう。また余計なことをしたと、癇癪を起こされてはかなわぬ。それにおかみさんも亭主に頼まれて、わたしの家に来たのではなかろう」

「はい、誰に相談すればよいかわからず、ご迷惑なことだと承知しながら荒金さんを頼ったんでございます」

「うむ。しからば、わたしはその辺で表を見張っている。おかみさんは店に戻れよ」

お福が店に入るのを見届けた菊之助は、蛍亭のはす向かいにある小間物屋《こまもの》の暗がりに身をひそめた。提灯を消すと、星明かりも届かない軒先なので、よほど目を凝らさないと通行人にもわからないはずだ。

それから小半刻（三十分）ほどもせず、二人の客が蛍亭から出てきた。いずれも股引に半纏という職人のなりで、ご機嫌の様子であった。

見送るお福に軽口をたたき、笑い声をあげて材木町《ざいもくちょう》のほうへ歩き去った。客を見送ったお福は、菊之助を捜すようにあたりを見まわして戻りかけ、また通りを眺めた。

菊之助は自分はここだと告げようと思ったが、どこに人の目があるかわからないので、そのまま動かずにいた。

通りにある店屋の提灯の明かりが少なくなっている。少し先の店も、提灯の明かりを消して暖簾を下ろした。いきなり路地裏で盛りのついた猫の声がした。うなる声は、まるで人の叫びのように聞こえた。

それからまたお福が店の表に出てきて、暖簾に手をかけ、周囲を見まわした。通りに人の姿はなかった。お福は空を見あげて、暖簾を店のなかにしまった。戸は開け放してあるので、道に明かりがこぼれている。

二軒隣の脇路地から人影が現れたのはすぐのことだった。提灯も持たない二本差しの武士だ。菊之助は目を凝らした。侍はゆっくりした足取りで蛍亭のほうへ足を進める。

吹き渡る風が星明かりに浮かぶ通りの土埃をさらっていった。

と、侍の足が止まった。蛍亭の前だ。

菊之助は眉間にしわを刻むと、柄頭《つかがしら》に手をかけた。そのまま暗がりを出るのと、侍が店の敷居をまたぐのは同時だった。

「おまえさん！」

お福の悲鳴じみた声が、菊之助の耳に飛び込んできた。

第三章　蔓吉《まんきち》一家

一

「きさま、わしに恥をかかせたな。侍を愚弄《ぐろう》すればどういうことになるかわかっていないようだ」

侍は仁王立ちになって、板場の前に立つ久蔵をにらみ据えていた。顔色《がんしょく》を失っているお福は、小上がりに腰を抜かしたように尻餅をついていた。

「愚弄などは……」

「やかましい！　客の注文を聞くのが客商売ではないかッ。それを驕《おご》り高ぶり、意見をしおって。こっちへこい。……来るんだ」

「お、おまえさん、お謝りよ。お謝りなさいな……」

お福は声をふるわせて、久蔵と侍を交互に見る。

菊之助は店の前に立ち、しばらく様子を見ていた。侍に人を斬る気がないのがわかったからだった。それでも油断はできない。

「亭主、わしは恥をかいた。いや、かかされたのだ。そのことをどう思うておる」

「どうと申されましても……わたしは、なにもお侍さまを馬鹿にしたのでもなければ……」

「黙れッ。どう思うておると聞いておるのだ！」

久蔵は困惑顔で、両手で前垂れをつかんで揉んだ。

「お気に障ることを申したのであれば……」

「いったのだ。気に障ることをわしにいったのだ！」

侍は感情を高ぶらせてきた。

「舌が合わないなら他の店に行けと申したな。勘定はいらないから帰れといったな」

「そ、それは……」

「わしは味が薄いから濃くしてくれ、濃いから薄くしてくれといっただけではないか。それを己の腕に思いあがったことをぬかしおって……」

「お言葉ではありますが、手前は決して思いあがったりなどはしておりません。お侍さまが料理にケチをつけられたと思ったまでのことで……」

「なにを……きさま、まだわしがケチをつけたとぬかすかッ！」

「そのように手前には受け取れたんでございます。塩だ醤油だ、湯だと何度も申されては、そう思うのも無理はないのではありませんか」

「おまえさん」

お福が片手をあげて久蔵を諫《いさ》めようとするが、

「料理がまずいのは手前の力不足でしょうが、他の客の前であぁだこうだといわれては商売の邪魔をされているような気がしたんです」

と、久蔵は言葉を重ねた。

「おいおい、この野郎ッ！」

侍はずいずいと歩《ほ》を進めて、肩を怒らせた。

「出された料理の味を濃くしようが薄くしようが、それは客の勝手だ。それで気持ちよく食せれば、それはそれでよいことだ。きさま、そんなこともわかっておらぬのか」

「料理にはちゃんとした味付けがあります。それに手を加えるのは料理の味を落とすことになります。わたしはそれが我慢ならないのです」

「なにをッ、我慢ならぬと申したな。我慢ならぬのはわしのほうだ。ええい、きさまのようなやつと話しているとますます腹が立ってくる。表に出よッ」

侍は久蔵の首根っこをつかむと、表に引きずり出そうとした。

お福が悲鳴じみた声をあげた。

菊之助が店に入ったのは、そのときだ。久蔵の襟をつかんだ侍と目が合った。

「なんだ、おぬしは？」

侍がにらんできた。

「話は聞かせてもらった。お互いに譲り合えぬところがあるようだが、ここは穏やかに話し合ってみてはどうだ」

「きさまはなんだ！　いきなり横からしゃしゃり出てきおって。どけッ」

侍はいきなり、菊之助の肩を突いた。すごい力である。菊之助は思わず倒れそうになって、床几《しょうぎ》につかまった。その隙に、侍は久蔵を表に引きずりだしてしまった。

「待て」

菊之助は慌てて表に飛び出した。その刹那《せつな》、侍は久蔵を突き飛ばすなり刀を抜いた。

闇を吸う白い刃が、星明かりを照り返してきらりと光った。

久蔵は地面に後ろ手をついている。侍は脇構《わきがま》えになって、じりじりと間合いを詰め、いまにも斬りつける素振《そぶ》りである。

「待て、待たぬか」

菊之助は久蔵を庇《かば》うように前に立ち塞がった。

「おい、邪魔をするんじゃない。これはわしと、この野暮天《やぼてん》の料理人との話だ」

「野暮天……」

久蔵がつぶやきを漏らして、目を厳しくした。

「まあ、よいから、刀を納めてくれ」

「なにをいう。きさま、どこの何者だ。いきなり横から出てきて邪魔だッ」

「待ってくれ」

菊之助は片手をあげて制した。

「わたしは、荒金菊之助と申す。蛍亭には何かと世話になっている者だ。気持ちは察するので、ここはわたしに免じて腹立ちを鎮《しず》めてくれぬか」

「どうしておぬしが、そんなことを……」

「この店の主は頑固だが、料理の腕は一流だ。それにつまらぬことで刃傷沙汰《にんじょうざた》を起こすこともなかろう。ここはひとつ堪えてやってもらえまいか」

「荒金さん、放っておいてくれ。野暮天といわれちゃ、あっしも黙っちゃおれねえ。斬るなり焼くなり好きにしてもらおうじゃありませんか！」

久蔵は開きなおったことをいうと、そのまま地面にあぐらをかき、片腕をまくりあげた。そのことで侍の目はますます燃え立ってしまった。

「ええい、生意気なことをぬかすやつだ。よし、それでは好きにさせてもらおう。きさまは下がっておれ」

侍は菊之助を払いのけようとしたが、それができなかった。

「むっ」

「きさま、さてはこの馬鹿と組んでおるのだな。そういうことなら、きさまも同じだ」

いきなり侍は斬りつけてきた。菊之助は半身をひねってかわすなり、刀を抜いた。

「馬鹿なことはよせ」

「ええい、忌々《いまいま》しいやつらだ。そりゃあ！」

侍は裂帛《れっぱく》の気合もろとも、肩から胸にかけて袈裟懸《けさが》けに刀を振り下ろしてきた。

二

菊之助は相手の斬撃《ざんげき》を下からすりあげた。そのまま鍔迫《つばぜ》り合いの恰好になった。相手は着痩せするたちなのか、見た目より膂力《りょりょく》があり、剝《む》き出しになった二の腕の筋肉などは隆々《りゅうりゅう》としている。歯を食いしばって、ぐいぐいと押してくる。

菊之助は足を踏ん張って耐える。

「こんなことで斬り合いなどしてもつまらぬ。お互い刀を引かないか」

いっても相手は聞こうとしない。殺気をみなぎらせている。星明かりしかないが、目を赤く血走らせているのがわかる。

「わしにも武士としての一分《いちぶん》があるのだ。邪魔立てするな」

「そこを何とか堪えてくれぬか……」

「む、むっ……」

「頼む」

鍔迫り合いのまま菊之助は、懇願《こんがん》の目を相手に向けた。

それからひと呼吸、二呼吸の間があり、急に相手の剣気が薄れた。

「……くそ、面白くない」

侍はそういって、力を抜いた。

菊之助もそれに合わせて侍から離れ、刀を鞘に納めた。

「荒金と申したな」

「さよう。貴公は？」

「わしは水谷伊右衛門《みずたにいえもん》と申す。きさまはそこの馬鹿をよほど買っていると見えるが、わしの気持ちはこのままでは収まらぬ。そこの馬鹿に代わって、土下座をすれば、今日のことは水に流すことにいたそう」

「馬鹿だ野暮天だと、ちくしょう……」

ぼやく久蔵の口を、お福が手で塞いだ。

菊之助はその二人を一度眺めてから、水谷伊右衛門に目を戻した。

「よかろう。それで貴公の気がすむなら喜んで……」

菊之助は両膝を地面につくと、そのまま土下座をした。

「これでどうか勘弁を……」

「荒金さん……」

久蔵は目を丸くしていた。お福は呆気に取られた顔である。二人ともまさか、こんなことになるとは思わなかったのだろう。

水谷伊右衛門はじっと菊之助を見下ろしていたが、やがて首を振って刀を納めた。

「まったく今日という日は……」

伊右衛門はそのまま歩き去っていった。

地面を踏む雪駄の音が遠ざかると、菊之助はゆっくり頭をあげた。

騒ぎに気づいた近所の者があちこちに立っていたが、菊之助が立ちあがると、店のなかや路地に引っ込んだ。

「塩だ、塩をまけ！」

店に戻った久蔵はお福にいいつけた。

「おまえさん、それより荒金さんに礼をいわなきゃ。危うく斬られるところだったんだよ」

お福にいわれた久蔵が菊之助を見た。

久蔵ははたと気づいたように、菊之助を見て唇を何度か噛みしめて、小上がりの縁に腰をおろした。

「やっぱり侍だったんだな」

「あんた、そんなことじゃなくて……」

お福はそういって、急いで菊之助に頭を下げた。

だが、久蔵はあくまでも強気だ。

「まったく余計なことを。おれは斬られてもよかったんだ。あんな侍にケチをつけられちゃ、おれだって黙っておれねえんだ。侍に武士の一分があるなら、料理人にだって料理人の一分があるってもんだ。けっ、胸糞悪い」

「おまえさん、そんなことより」

久蔵は諫めるお福の手を払いのけて、

「てめえ、荒金さんを呼びにいったんだろう」

と、にらみつける。

「いや、わたしはたまたま店の前を通りかかったのだ」

菊之助はお福を庇うためにいった。久蔵が目を向けてくる。

「それにしちゃ、間《ま》がよすぎる」

「まあ、どうにでも取るがよい。だが、これで騒ぎが収まったのだ。あの水谷という侍も水に流すといってくれた」

「あっしはあんな客に舐められたくはねえ。たとえ相手が侍だろうが、店に入ってきたからには単なる客だ。侍も町人も関係ねえ。だから許せねえんだ。いくら口がおごった客だろうが、料理に文句をいわれちゃ我慢がならねえ」

「まあそれは久蔵、おぬしの勝手だ」

菊之助は侍言葉のまま呼び捨てにしてつづける。

「だが、客も千差万別。味覚も人それぞれではないか。いちいち、腹を立てていたら商売ができなくなってしまうのではないか」

「そんなことは、いわれなくたってわかってまさァ。料理に文句をつけられ、挙げ句、野暮天だ馬鹿だといわれちゃ我慢がならねえってもんだ。ええ、荒金さん、あんただって研いだ包丁にケチつけられちゃ黙っちゃいねえんじゃありませんか……」

菊之助はそばの床几に腰をおろして、

「さあ、それはどうかな」

といった。

「おまえさん、そんなことより荒金さんはおまえさんのために頭を下げてくださったのだよ。それで一難去ったんだよ。先に礼をいうべきじゃないか。すみませんね、荒金さん、こんな頑固者で……」

お福は恐縮の体で頭を下げまくり、ほら、おまえさんちゃんとお礼をと、久蔵をうながす。久蔵もしぶしぶではあるが、

「まあ、先ほどはとんだ厄介をおかけいたしました」

と、ぺこりと頭を下げた。

「そんなことはいい。とにかくいろんな客が来るはずだ。また今日のような客がこないともかぎらぬ。肝に銘じておけばよいだろう」

「本当に、ご面倒をおかけいたしました」

お福が再度頭を下げると、菊之助は腰をあげて、

「とにかく無事にすんで何よりだった。わたしはこれで……」

といって店をあとにした。

三

久吉が長谷川町の実家を出てから四日がたっていた。

その間、久吉は家を飛び出したことをずいぶん思い悩みもしたが、これでよかったのだと自分にいい聞かせるようにしていたし、世話になっている親戚の者も、

「久蔵にはいい薬だ。よくぞ思い切った」

と、褒めもしてくれる。そのことで久吉はいくらか心を軽くしているのだった。

その朝は店のために、鳥海橋《とりうみ》そばの猟師町《りようしまち》に買い出しに来ていた。親戚の家は北品川三丁目にある。〈松竹屋《まつたけ》〉という飯屋だった。昼から店を開け、夜は宵五つ（午後八時）ごろまでやっている。

実家の蛍亭とは違い、気さくな飯屋といったほうがいいだろう。主は久蔵の義理の兄で長兵衛《ちようべえ》といった。その女房はおさちといい、屈託《くつたく》のない冗談好きな女だった。

店は嫁入り前の娘お松《まつ》が手伝ってくれていて、その下の竹吉《たけきち》という久吉と同い年の倅は、白金《しろかね》の大工の棟梁《とうりよう》宅に住み込んでいる。

久吉はその朝あがった鯵《あじ》や鯖を仕入れると、河岸場で干物を買って松竹屋に戻った。途中で江戸湊《みなと》を眺めるために岸壁に立って、遠くに視線を投げた。

秋の日を弾く海はきらきらと輝いており、白い帆を張った漁師舟が沖合に何艘

も浮かんでいた。海の彼方に浮かぶ空には筋雲が横たわっていた。

浜辺には真砂《まさご》を洗う波が押し寄せては引き、潮騒《しおさい》が聞こえる。久吉は戯《たわむ》れ飛ぶ鷗《かもめ》を見て、海はいいなあといつになく穏やかな気持ちになっていた。

「いいものがあったかい?」

店に戻ると、板場から長兵衛が出てきた。首にかけた手拭いで、口のあたりをぬぐって、久吉の買ってきた魚をのぞき込んだ。

「鯖がよかったので、いつもより多めに買っておきました。刺身でも〆鯖でもいいし、余るようだったら塩漬けにしておけば保《も》ちますから……」

「鯖もいいが、今日の鰺もなかなか脂《あぶら》が乗っていてうまそうじゃないか」

「ええ、これも余るようだったら開いて干せばいいですからね」

久吉は要領のいいことをいう。

「それより、飯を先に食べたらどうだい」

土間奥からおさちが声をかけてきた。

「はい。それじゃ遠慮なく」

久吉が奥の居間にあがると、お松が飯をよそってくれた。

「久吉が来てから、なんだかうちの店、評判よくなっているみたいよ」

お松が口許に笑みを浮かべていう。

「へえ、そうですか」

「あんたの腕がいいからじゃない。おとっつぁんの作った刺身より、あんたのがうまいっていう客が多いのよ。盛りつけも全然違うしね。あんた、ずっとうちにいればいいのよ」

「そういうわけにはいきませんよ」

褒められた久吉は内心の嬉しさを誤魔化《ごまか》すように、みそ汁をすすった。

「遠慮することないわよ。どうせあたしはいなくなるんだし……」

嫁ぎ先の決まっているお松は気軽なことをいう。そこへおさちがやってきて、

「おまえはそんなことというけど、久吉は何だかんだといっても蛍亭の跡継ぎなんだからね。いつまでもここにいるわけにはいかないよ。久吉どうだい、あたしの炊いたご飯は？」

と、福々しい顔で訊ねる。

「はい。おいしゅうございます」

「まあまあ、おまえはお世辞がうまいね」

「いえ、本当ですよ。年季が違います」

「あれれ、でも昨日おまえさんが炊いたご飯はやけにうまかったよ。他人が炊いたのをうまく感じるのか、それとも研ぎ方や竈《かまど》にかける加減が違うのかねえ。同じ米なのに、あたしゃ舌巻いちまったよ」

「ほんと、あたしも久吉に教えてもらおうかしら」

と、お松までいっしょになって、冷やかすようなことをいう。

「おれは普通に炊いただけですよ。それより、おばさん、この漬け物は絶品です。どうやったらこんなふうに漬けることができるんです？」

久吉は香の物をつまんでいった。

たしかに胡瓜《きゆうり》やたくあん、茄子《なす》といった漬け物は、蛍亭では味わえない味があった。適度な塩気に甘みがあるのだ。

「どうやったらって、適当だよ。うちの婆さんのそのまた婆さんの漬け方をあたしが引き継いでるだけだからねえ」

おさちはにこにこした顔を表に向けて、今日も天気がいいねえと、独り言をいう。

「糠《ぬか》が違うのかな……」

久吉はたくあんを箸でつまんで首をかしげる。それをお松があきれたように眺

めて、

「あんたは根っからの料理人なんだね。きっと親父さんよりいい料理人になれるわ。さあ、あたしは野菜の仕入れに行ってこよう」

お松はそんなことをいって、居間を出ていった。

「おーい、久吉。飯食ったら、おれに刺身の切り方教えてくれねえか」

板場から長兵衛が声をかけてきた。

「おじさんに教えるほどの腕はありませんよ」

「馬鹿いうな。おまえのほうがずっとうめえのは一昨日からわかってんだ。出し惜しみせず、教えてくれ」

長兵衛もそうだが、この家族はみんな気さくで肩肘を張ったところがなかった。のびのびと暮らしていることがよくわかった。

久吉は料理にこだわりつづける父親と比べて、そんなことを痛感していた。おとっつぁんも気を張らず、もっと肩の力を抜けばいいのにと、思わずにはいられない。

久吉は箸をきちんと置くと、ご馳走《ちそう》様といって、片づけにかかった。

「おじさん！」

お松の驚き声が聞こえてきた。

「おとっつぁん、蛍亭のおじさんだよ」

と、つづいた声に、久吉はつかんだ茶碗を落としてしまった。瀬戸物の割れる音が足許ですると、

「倅が来てるだろ」

という久蔵の声が聞こえた。とたん、久吉は顔を凍りつかせた。

四

「おい、待ってくれ」

長兵衛の慌てた声がした。

久吉が土間に下り立つと、戸口を入ってきた久蔵と目が合った。久蔵の顔の半分は蔀戸《しとみど》から射し込む光に照らされていたが、半分は影になっていた。暗い影になったほうの目がぎらぎらと光り、久吉をにらみ据えた。

「待ってくれ、久蔵。久吉は何も……」

「義兄《にい》さん、かまわないでくれ。これはうちのことだ」

久蔵は長兵衛を押しのけて、立ちすくんでいる久吉のそばまでやってきた。もう蛇ににらまれた蛙《かえる》だった。

「おまえのやることだ。ここじゃねえかと来てみたら、案《あん》の定《じょう》だ。てめえの子供の考えることなんざ、お見通しなんだよ。よくも勝手に店を抜け出しやがったな」

「お、おいらは……」

「うるせえ！」

いきなり久蔵の平手が飛んできて、久吉の頬がはたかれた。その衝撃で、久吉はよろめいて片膝をついた。

「やめろ、やめえねえか！　乱暴はいけねえよ」

長兵衛が必死になって久蔵を羽交《はが》い締めにした。

「手を出しちゃならねえ。殴ればいいってもんじゃないだろ。おまえはすぐに手を出すから始末が悪いんだ」

「ええい、放せ、放しやがれ」

久蔵は抗《あらが》って長兵衛の手を振りほどこうとするが、なかなかうまくいかない。

「手を出しちゃならねえ。静かに話し合うことはできねえのか」

「いいから放してくれ。おれがこの野郎をどうしようが、おれの勝手だろうが。他人が口出しすんじゃねえ」

「まるっきしの他人じゃねえだろう。久吉はおれの甥《おい》っ子《こ》じゃねえか。乱暴はいけねえよ、乱暴は……あぁッ」

久蔵は必死に宥《なだ》めようとする長兵衛を振り払った。その勢いで、長兵衛は後ろに倒れそうになって、柱に頭を打ちつけた。

「いててて……」

打ちつけた頭を押さえて痛がる長兵衛にはかまわず、久蔵は久吉の前に立って見下ろしてきた。まるで仁王のような顔だった。

「今日は十五日だ。店が休みだということを忘れたか。二、三日で帰ってくると思ったが、いっこうにその気配がねえ。ひょっとするとここだろうと思って来てみりゃ、やはりいやがった。いきなり迷惑をかけることしやがって……」

「おいらは何も……」

がつん。

今度は拳骨が飛んできた。

久吉は目から火花が散り、一瞬目の前が真っ暗になった。頰桁《ほおげた》を殴られ、犬のように四つん這いになっていた。

「なんで家を飛び出しやがった！　いってみやがれ！」

「それ、それは……」

今度は腹を蹴られた。久吉は息が詰まって、体をくの字に曲げた。

「久蔵、だめだよ。そんな乱暴はおよしよ。可哀想じゃない。怪我でもさせたらどうすんだい。あんた、早く何とかしておくれよ」

おさちが泣きそうな声でわあわあいうが、長兵衛は久蔵の迫力に気圧《けお》されたらしく、柱にぶつけた頭を押さえているだけで何もいわない。

久吉は痛む腹を押さえて、大きく息継ぎをした。

痛いのは腹だけではない、殴られた頬桁もじんじん痺《しび》れたようになっている。あまりの痛さに目に涙さえにじむ。それでも、今日ばかりは黙っていられなかった。

「おとっつぁんの教えなんか、もう懲り懲りだ。何が板場の修業だ！　料理は真心込めて作ればいいんじゃねえか。ここのおじさんの店はおとっつぁんのように気張らなくても、客はちゃんと来てくれる。それに、みんなうまいといって喜んで、また来てくれるんだ。うちの店と他の店がどう違うッてんだい。商売はたくさん儲《もう》けることじゃねえのか」

「馬鹿野郎！」

また殴られた。

今度は鼻血が垂れた。それだけではなく、襟首を両手でつかまれて立たされた。鬼の形相《ぎょうそう》が目の前にあった。

「商売はただ儲けりゃいいだと。あきれたことをぬかしやがる。そんなことを誰に教わった。ふざけたことをぬかしやがって」

今度はどんと、突き飛ばされた。久吉は思い切り腰骨を土間に打ちつけた。痛さに顔をゆがめると、またもや久蔵が近づいてきた。

おやめよ、おやめよと、おさちがおろおろしている。

「立て、立つんだ」

いわれた久吉は、腰をさすりながらゆっくり立ちあがった。いつ飛んでくるかわからない拳骨を警戒して、後ろに下がる。

「もう料理人はやめるか？　それならそれでいい。てめえのような根性なしはいらねえ。やめるんだったら二度と家に戻ってくるんじゃねえ。……どうする？」

久蔵は静かにいって久吉をにらんだ。

「お、おいらは……」

久吉はいい淀《よど》んだ。はっきり「やめてやる」と口から出かけたが、それをすんでのところで呑み込んだ。

「おいらはなんだ？　男ならはっきりいわねえか」

「おいらはおとっつぁんが大嫌いなんだ！」

その一言で、久蔵の目がかっと見開かれた。

「もう殴られたり蹴られたりするのはごめんだ。自分の虫の居所が悪けりゃ、おいらにあたり、それでも気がすまなきゃおっかさんにあたる。そんな親がどこにいるんだよ。なんで、女房や子供に手を出すんだよ。自分が殴られることを考えたことがあるのかよォ」

「……………」

「おとっつぁんは、ちっともわかっちゃいねえんだ。何でもかんでも自分が正しいと思っているだけじゃねえか。てめえは絶対に間違っていねえって、思い込んでいるだけじゃねえか。一流の腕を持っていると思っているだけだ。そうじゃねえか。そんなことを無理矢理押しつけられたって……」

久吉は感情が激して胸が熱くなり、両目から涙を溢《あふ》れさせた。

「おいら、おいらはおっかさんが大好きだ。おとっつぁんは、そんなおっかさんのことも、おいらのこともちっとも大事にしちゃくれねえ。まるで犬畜生の扱いじゃねえか。やさしい言葉ひとつ、かけてくれたこともねえじゃねえか。そんな親がどこにいるってんだよ！　わあー」

久吉はそのまま肩をふるわせて泣いた。涙がぼとぼとと音を立てて足許に落ちた。

長兵衛もおさちもお松も黙り込んでいた。

いつも明るくて笑いの絶えない、長兵衛の店が一瞬にして暗くなった。

「そうかい。……わかったよ」

久蔵は感情を抑えた声を漏らした。

久吉は、はっとなって泣き濡れた顔をあげた。

「ひとつだけ聞く。……おまえは料理人にはならないんだな」

「……」

答えようがなかった。

「どうなんだ？」

「それは……わからないよ」

「ふん、それじゃまだちったァ未練があるってことか。いいだろ、こっちに来な」

久蔵はそういって小上がりの縁に腰をおろした。突っ立っている久吉を見て、ここにこいと顎をしゃくった。久吉はいわれるまま、片腕で両目をぬぐってそばに座った。

「おめえはおれの血を分けた子だ。その倅が親を見捨てるようなことを言いやがる。たいしたもんだ。だが、この先おまえがどんな道を進むかわからねえが、やっぱり包丁を捨てることはできねえはずだ」

「……………」

「料理ってのは一口ではいえねえ難しさがある。うまい料理を作りゃいいってもんじゃない。そりゃ誰もがうまいっていってくれる料理を作るのはあたりまえだが、その料理を引き立てるのは店だ。器だ。箸だ。折敷《おしき》もあれば膳もある。飾り物の生け花でも掛け軸でも、ただ置いてあるんじゃねえ。料理人はそんなところにも気を配らなきゃならねえ。品書きだって自分の筆で書く。上手下手は関係ねえ。そんなことがいろいろ合わさって、お客に出す料理ってのが引き立つ」

久吉は父親のいう言葉ひとつひとつを、瞬《まばた》きもせずに聞いていた。

「おれが気が短くって荒っぽいのは、おまえにいわれなくってもわかっている。嫌われているだろうなと、薄々わかってもいた。厳しく仕込んできたからな。だが、おめえはそれに音をあげちまったということだ。それならそれでいいが、いまいったことだけは覚えておけ。いつかきっと為になるはずだ」

久蔵はそういうと、ゆっくり立ちあがった。あとは久吉には一度も目を戻さず、長兵衛の家族に、

「厄介をかけますが、迷惑をかけるようだったら、とっとと放り出してください。世話になっただけの礼はあとできちんといたします。お騒がせしました」

そういって深々と頭を下げると、店を出ていった。

そんな久蔵をみんな、声もなく見送った。それから長兵衛とおさちとお松が、久吉を振り返った。

「久吉、いいのかい?」

と、おさちがいった。

久吉はうつむいたまま黙っていた。

「まるで突然やってきた嵐だな。久吉、大丈夫か……」

長兵衛がそばにやってきて、久吉の殴られた顔を心配そうにのぞき込んだ。だ

が、久吉は握りしめた拳を、ぶるぶるふるわせているだけだった。

自分をあしざまに罵り殴りつける父親に対する怒りよりも、裏切られたという失望感に苛《さいな》まれていたのだ。

父親は自分の勘でこの店に来たようなことをいったが、久吉はおそらく菊之助が告げ口をしたか、問い詰められて教えたのだと思った。人にやさしく、安心させるようなことをいっておきながら、裏切ったのだ。

久吉の瞼《まぶた》の裏に菊之助の顔が浮かんだ。人を包み込むようなあの眼差しも、いたわる言葉も、すべて見せかけなのだ。あの男は研ぎ仕事がほしいだけなのだ。だから、おれとの約束を破ったのだ。

「くそッ」

もう誰も信じられないという思いで、久吉は自分の太股に拳を打ちつけ、ぎらぎらした目を遠くに向けた。

「おい、久吉。どうした……」

長兵衛の声はどこか遠くにしか聞こえなかった。

五

汐留橋は行徳河岸と蛎殻町《かきがらちよう》をつなぐ稲荷堀《とうかん》に架かる橋である。入堀となっている水路に架かる橋なので、大きな橋ではない。猪牙舟《ちよきぶね》や小さな荷舟が通れるぐらいだ。

海を背にして堀沿いに進んでゆくと、右側に播磨《はりま》国姫路《ひめじ》藩酒井《さかい》家の広大な屋敷がある。

菊之助はさっきから汐留橋のそばに立っていた。堀には高い秋の空に浮かぶ雲が映っている。この橋のすぐそばで、直吉の死体が見つかったのだ。

なぜ、直吉はお袖と同じような殺され方をしたのか……。

菊之助は静かな水面《みなも》に視線を落としつづけている。凶器を探すためにこの堀を浚う作業が行われたが、何も出てこなかったと次郎から聞いている。

つまり、下手人は凶器を捨てていないということだ。単純なことであるが、これは大事なことだった。凶器が見つかれば、下手人のことがはっきりしないまでも、大まかな見当がつけられる。職人だったか、博徒《ばくと》だったか、あるいは武士

役立つ。

だったか……。

もちろん、それだけで決定づけることはできないが、下手人を絞り込むことに役立つ。

「ふむ……」

菊之助は視線をあげて、来た道を戻りはじめた。

急ぎの仕事がないので、暇つぶしに家を出てきたのだが、自然に足がそこに向いたのだった。そんな自分のことを、おれも物好きな男だと自嘲《じちょう》する。

品川に逃げている蛍亭の久吉のことも気になっていたが、次郎たちの探索も気になっていた。同じ長屋の住人が殺されたのだから、気にしないほうがおかしいだろう。

長屋の女房たちも、さかんに直吉殺しの下手人についてあれこれ話し合っている。もちろん、根拠のない推測でしかないから、邪推《じゃすい》もいいところである。

菊之助は小網町の通りを日本橋のほうに向かって歩いた。このところ天気つづきで、江戸の町は長閑だ。物騒《ぶっそう》な殺しがあったとは思えない穏やかさである。

荷を担いで運ぶ河岸場人足もどことなくのんびりしている。商家の暖簾もゆらゆらと揺れているだけだった。

菊之助はお袖が殺された鎧河岸にも立ち寄った。ちょうど醤油酢問屋の荷舟が、船着場に寄せられたところだった。船頭が舫《もやい》を雁木《がんぎ》につなぎ、人夫たちが荷揚げのために舟に乗り込んだ。その先を一艘の高瀬舟《たかせぶね》が下っていった。

死体になったお袖が浮かんでいたのは、塩問屋の蔵の近くだった。もうそこには事件の臭いも何も残っていなかった。目を凝らしたところで、新たな発見もない。

菊之助は暇にあかして、直吉とお袖の関係を考えるが、村雨屋や魚正から話を聞いたわけでもないので、詳しいことはわからない。ただ、次郎の目撃証言から、二人が倫《みち》ならぬ関係にあったのではないかと、勝手に推測するしかない。

二人がひそかに通じ合っていたとすれば、そのどちらか一方を恨むのは、お袖を吉原から身請けした魚正の主・正兵衛だろう。しかし、正兵衛は中風で体が思うように動かない。そんな体で働き盛りの若い直吉を殺すのは難しいだろうし、事件のあった夜、正兵衛は家の寝間で休んでいる。

すると、直吉が付き合っていた他の女か……。

菊之助はこんな考えはやめだ、と心中でつぶやき、頭《かぶり》を振って歩いた。声をかけられたのは、思案橋《しあん》を渡り、しばらく行ったところだった。

「菊さん、何してんです」

横の路地から次郎が出てきた。

「何って、ただその辺をな……。魚でも買って帰ろうかと思って魚河岸に行くところだ」

「暇なんですね」

次郎は横に並んで歩く。

「何かわかったことはないのか」

「それがさっぱりなんですよ。手分けしていろいろ調べてはいますが、お袖にも直吉にも殺されるようなことは見あたらないし……いってえどうなっているのか……」

「秀蔵のほうはどうなんだ？」

次郎はひょいと肩をすくめただけだった。

荒布橋《あらめ》を渡り、本船町の茶店に入った。活気のある朝市が終わり、昼に近いので、魚河岸は静かなものだ。

早朝の水揚げ時には、商家や料理屋の買い出し人や河岸場の連中、それに漁師などが入り交じって、喧噪《けんそう》に包まれる。

あちこちで取引の声があがり、値付けをする仲買や魚会所の役人連中が動きまわる。城から使わされる賄い方もやってくれば、近所の住人もそれに加わる。早朝の魚市場は熱気がこもる。

夏場は朝市しか行われないが、秋に入ると、夕方にも市が開かれる。生物《なまもの》の冷蔵ができないので、生《い》け簀《す》が張られ、買い上げた客のためにその場で捌《さば》かれる。料理屋は生きたままの魚を持って帰り、店で捌いて新鮮な刺身を客に出す。

日本橋の魚河岸とは、本船町と隣の安針町、安針町に接する長浜町《ながはまちょう》、北の本《ほん》小田原町《おだわらちょう》と瀬戸物町《せとものちょう》、この五町のことをいう。日本橋川を挟んだ対岸の四日市《よっかいち》河岸には、塩魚や干し魚を扱う塩魚問屋が多い。

この魚市場に入ってくる魚は、内海の物ばかりではない。上総《かずさ》、下総《しもうさ》、常陸《ひたち》、伊勢《いせ》、駿河《するが》、さらには陸奥《むつ》、出羽《でわ》などからも入荷される。

茶店の横には葦簀《よしず》張りの小店があった。平台に干し魚を置いてあるが、客は素通りするだけだ。寄ってくるのは蠅《はえ》ぐらいで、店番の女はさっきから煙管ばかり吹かしている。

菊之助は茶店の軒先で小さくはためく幟《のぼり》を眺めて、茶をすすった。澄んだ空で舞う鳶が、笛のような声を降らしつづけていた。

「菊さん、菊さんも手伝ってくれないかな」

「……ふむ」

菊之助は茶を吹いて、口をつけた。

「気のない返事しないで考えてくださいよ。どうせ暇なんでしょう」

「そんなことはない」

「……そんな顔してますよ。直吉が下手人ではねえかといったのはおいらだし、その直吉は殺されちまっているし……正直まいっちまってんですよ」

「それはおまえの仕事ではないか。秀蔵も他の町方も動いているんだろう」

「チッ、つれねえなあ……」

「だが、どっちが先なんだろうな？」

「どっちがって……」

「直吉が先に殺されたのか、それともお袖だったのかということだ」

「そりゃあ……でも、どっちが先でも同じでしょう。検死の医者も同じ晩に殺されているはずだといっていますから」

「二人は下手人を知っていたのかな？　それとも、まったく知らなかったのかな？」

菊之助は日本橋川を下る水船《みずぶね》を、目で追いながらつぶやくようにいう。

「そんなことは殺したやつに聞かなきゃわからないでしょ」

「男だったのか女だったのか……それもわからないのか……」

この言葉に次郎は、はっと目を瞠って菊之助を見た。同時に、ぱんと膝をたたいた。

「そうか、女かもしれねえんだ。菊さん、いいことといいますね」

菊之助は口の端に微笑を浮かべて、次郎を見た。

「下手人らしき者を見た者はいないのか?」

「さんざん聞き込みをかけましたが……」

誰もいませんでしたと、次郎は首を振る。

「そうなると、やはり直吉とお袖がどこで知り合って、どれほどの間柄だったのかというのが気になるな」

「横山の旦那も同じことをいっています」

「秀蔵はその調べをやっているというわけか……」

「菊さん、直吉とお袖がいたのを最後に見たのはおいらです。横山の旦那に直吉が下手人じゃねえかっていったのもおいらだし……」

「手柄を立てたいというわけか」

「ま……そうですね」

「だったら、こんなところで油を売っている暇はないだろう。足を使って聞き込みをするべきじゃないか」

「へっ、たしかにおっしゃるとおり。よっしゃ。菊さん、おいらひとっ走りしてくらァ」

次郎はそういって立ちあがると、足早に去っていった。

息をはずませて駆ける五郎七を見たのは、菊之助が勘定をして茶店を出たときだった。

「おい、五郎七」

声をかけると、五郎七は両手を車輪のようにまわして立ち止まり、菊之助を振り返った。

「これは旦那、次郎を見ませんでしたか?」

「いままでいっしょだったよ。米河岸《こめ》のほうに行ったようだが……」

「米河岸ですね」

すぐに駆け出そうとする五郎七を、菊之助は呼び止めた。

「何かあったのか?」

「へえ、ちょいと気になる話を聞きましてね」

五郎七はそれだけをいうと、風のように去っていった。

「気になる話……」

だったらおれも気になるではないかと、菊之助は小走りになって五郎七のあとを追いかけた。

六

それから半刻《はんとき》(一時間)後——。

菊之助は秀蔵たちに交じって、神田《かんだ》明神下にある、とある屋敷のそばに来ていた。

「そこがそうだ」

秀蔵が切れ長の目を鋭くして、菊之助を含めた仲間を振り返った。

五郎七がいった「気になる話」とは、直吉を脅していたやくざがいたということであった。そして、そのやくざのことがわかったのである。

上野《うえの》界隈を縄張りにしている舟針《ふなばり》の蔓吉《まんきち》一家の者だった。岡田鉄斎《おかだてっさい》という浪人で、一家の用心棒だ。

蔓吉の屋敷には槙《まき》の生垣《いけがき》がめぐらしてあった。生垣の手入れもよいが、垣根越しにのぞく松や躑躅《つつじ》も剪定《せんてい》が行き届いている。屋敷自体はそう大きくはない。およそ百五十坪といったところだ。

「菊の字が来てくれたので、おまえたちは表で待っておれ」

生垣越しに屋敷の様子を窺っていた秀蔵が振り返っていった。それから、ついてこいと菊之助をうながした。

木戸門を入り、狭い飛び石伝《づた》いに戸口に向かった。声をかける前に、がらりと戸が開き、開けた本人がギョッと目を剝いて一瞬、声を呑んだ。驚いたのは、ひと目で町方の同心だとわかる秀蔵を見たからにほかならない。

地味な紺縦縞《こんたてじま》を着流した菊之助のことは、おそらく小者だと思っているに違いない。そのじつ、十手も刀も持っていない無腰《むごし》ではあるが。

「岡田鉄斎という男に会いたい。いるかい？」

秀蔵は常と変わらずぞんざいなものいいをする。悪党を相手にする役目だから、よほどでないと武士言葉は使わない。

「岡田さんに、どんな御用で」

男は色の黒い小太りだった。

「どんな御用もねえさ。ちょいと聞きたいことがあって来たまでだ」

「岡田さんならいませんよ」

「いないってえのはどういうことだ。もう、この一家を去ったというのか……」

「出かけてるだけです」

「どこへだ」

小太りは一度家のなかを振り返った。奥のほうに人の気配はあるが、蔓吉や子分らは出払っているようだ。

「教えろ。大事な話がある。それとも、何か都合が悪いのか」

秀蔵はそういうなり小太りの襟をつかんで引き寄せた。とたんに小太りは慌てた。

「ちょ、ちょっと待ってくれよ、旦那。岡田さんは上野だよ。親分の供で出かけているんだ」

「場所は？」

「お山の墓地だよ。親分の子供の墓参りだ」

「その墓をおまえは知っているな」

小太りはうなずいた。

「それじゃ、案内しろ」

秀蔵は強引である。

そのまま小太りを案内に立たせた。小太りの名は、米市《よねいち》といった。

蔓吉は上野界隈を縄張りにしているが、上野全般というのではない。いうまでもなく上野は江戸有数の繁華な町であるから、いくつもの一家が入り乱れて縄張り争いをしている。

上野広小路を秀蔵たちは一団となって歩いた。菊之助に次郎、五郎七、甚太郎、寛二郎、そして案内の米市である。

蔓吉の子が眠る墓は、松林院《しょうりんいん》の墓地にあった。同寺は寛永寺《かんえいじ》本坊の西方にある子院《しいん》だ。境内に入った一行は、いくつもの子院を通り抜けて松林院に向かった。

だが、墓地に行くまでもなく、寛永寺山門のひとつである清水《しみず》門そばで、子分をしたがえた蔓吉に出くわした。そのなかに見るからに用心棒然とした浪人がいた。体の大きな、いかにも屈強そうな男だ。

「舟針の蔓吉、久しぶりだな。おれのこと覚えているかい？」

秀蔵は頬に笑みを浮かべて気安く声をかけた。

銀鼠《ぎんねず》色の羽織を着た蔓吉は、首の骨をコキッと鳴らし、口許に皮肉な笑みを浮かべた。

「町方の旦那のことはみんな知ってますよ。今日は大勢でどうしやした。まさか墓参りに来たとおっしゃるんじゃないでしょうね」

「用があるのは、そこにいる二本差しのお侍だ。間違いがなければ、岡田鉄斎という御仁だと思うのだが……」

蔓吉が鉄斎を振り返った。

「何用でございましょう」

鉄斎は進み出てから慇懃《いんぎん》な口の利き方をした。視線は秀蔵に向けたままで、他の者たちには一切かまわないという態度だ。

「こんなところじゃ無粋《ぶすい》だ。表に出てから話を聞こう」

秀蔵が先に歩き出すと、鉄斎は菊之助たちを一瞥《いちべつ》してあとにしたがった。蔓吉と連れの子分たちもそれにつづく。子分の数は五人だった。いずれも剣呑《けんのん》な目をして、粋《いき》がっている者ばかりだ。

清水門を出た一行は、善光寺《ぜんこうじ》坂を下った門前町にある水茶屋の前で立ち止まった。すぐそばを藍染川《あいそめがわ》が流れている。透きとおった水が小さな瀬音を立てている。

「そこへ」

秀蔵は水茶屋のなかに入った。蔓吉は連れの子分らといっしょに表の縁台に腰をおろし、のんびり茶を飲み、空を眺めている。

鉄斎と面と向かい合う形で座った秀蔵の横には、菊之助と寛二郎がついた。他の者は少し離れたところに固まって座った。

「おまえさん、直吉という男を知っているな。日本橋にある村雨屋という履物問屋の手代だ」

秀蔵は鉄斎の目を直視して訊ねた。菊之助も鉄斎の目の変化を見逃すまいと凝視する。

「知っておりますが、それが何か」

「やつを脅していたそうではないか。どういうわけあって直吉に脅しをかけていた」

鉄斎は秀蔵の視線を外して、運ばれた茶に口をつけた。それからゆっくり湯呑みを置き、秀蔵に視線を向けなおす。しばらく考えてから、言葉を選ぶようにしていった。

「直吉には賭場《とば》で借りた金がありました。その取り立てです。拙者《せつしゃ》は頼まれて請《う》け負っただけです。金はちゃんと返してもらったので、それで終わりです」

「いつのことだ」

「つい十日ほど前だったでしょうか……」

秀蔵は茶に口をつけた。この男は直吉が死んだことを知らないと、菊之助は思った。おそらく秀蔵も同じことを感じ取ったはずだ。

「どこの開帳場だ？　手入れなどする気はない。教えろ」

「……八ツ小路《やつこうじ》からほどない、とある旗本《はたもと》屋敷です。旗本の名もいわなければなりませぬか」

「いや、よい。それより、直吉を恨んでいるようなやつに心当たりはないか」

「妙なことを……。だが、拙者にはわからぬことです」

「じつは直吉は殺されたのだ。その下手人捜しをしている」

「まことに……」

鉄斎は眉を動かして驚いた。

そのとき、蔓吉がすっくと立ちあがって二人を振り返った。

「旦那、それだったら、あっしが知っているかもしれねえ」

「おまえが……」

「ああ、あっしの開帳場で、直吉が揉め事を起こしたことがあるんです」

菊之助は秀蔵と同じように、蔓吉に目を注いだ。意外に早く下手人が割れるかもしれない、そんな予感があった。

第四章　浪人

一

「二月《ふたつき》ほど前のことでございますよ。相手は両国《りょうごく》裏の薬種屋《やくしゅや》の手代です。名は……」

蔓吉は普段眠そうな目をぐりりと大きくして、視線を彷徨《さまよ》わせた。しばらくして思い出した顔になり、言葉を継いだ。

「そうだ、孝太郎《こうたろう》といった。さんざん遊んだあとで、表に出て取っ組み合いの喧嘩です。何がもとでそうなったかわかりませんが、うちの若い衆が止めに入って収めました。それでも孝太郎は、直吉のことを許さないとさんざん罵っておりました」

です」

「両国裏というのは……」

「米沢町《よねざわちょう》です。店の名は忘れましたが、七味《しちみ》屋の隣あたりにある店だったはず
「蔓吉、よく教えてくれた。それで、ものはついでだが、直吉はたびたびおまえの賭場で遊んでいたようだが、他に何か知っていることはないか？」

「そういわれても困りますね。やつのことを見張っていたわけじゃありませんから。それで殺されたとおっしゃいましたが、いつどこでそんなことに……」

秀蔵はお袖のことも含めてざっと話してやったが、蔓吉も連れの者たちも興味こそ示したものの、事件に関わっている様子はなかった。

「寛二郎と甚太郎、おまえはおれについてこい。孝太郎という手代をあたる」

秀蔵は蔓吉たちと別れたあとでそういって、つづけた。

「菊の字と五郎七と次郎は聞き込みをつづけてくれ」

「おれは行きがかり上、ここについて来ただけだ」

菊之助は指図されたことを拒んだが、

「そういうな。ここまで首を突っ込んだんだ。手を貸してくれてもいいだろう。さっぱり下手人捜しは進んでねえんだ。こういったときはおまえが頼りなんだ

よ」

秀蔵はそういって菊之助の肩をたたく。こうなると、菊之助もむげに断ることができない。とりあえず、今日だけだと言葉を返した。

「今日だけでも十分だ。それじゃ、頼んだぜ」

秀蔵はそういうと、寛二郎と甚太郎を連れて歩き去った。

そこはにぎやかな上野広小路の外れだった。菊之助は秀蔵たちを見送ったあとで、日本橋のほうへ戻ることにした。

「直吉が博奕《ばくち》好きだったとはな……」

次郎が歩きながらいう。

「薬種屋の孝太郎って野郎が下手人だったら、これで早々に一件落着だ」

肩を揺すりながら歩く五郎七がいう。

「もし、そうだとしたら孝太郎という手代は、直吉とお袖の関係を知っていたってことになりますね」

「そりゃまあ、そうだろうな。だが、そうなると孝太郎は直吉だけでなく、お袖も恨んでいたってことになるな。それも殺すほどだから、相当な恨みだ」

「ひょっとすると、二人の仲を孝太郎がやっかんでいたとか……」

ていた。

「それもあるかもしれねえ」

菊之助は勝手なことをいいながら歩く、次郎と五郎七の話を聞くともなしに聞いていた。二人の話にうなずけるものはあるが、菊之助は妙なひっかかりを覚えていた。

それは直吉とお袖がいつ、深い間柄になったかということであり、また何がきっかけだったのかということだ。直吉の長屋の家探しからは何も見つかっていないし、お袖も直吉と関係があったことを証《あか》すものを何も残していない。

お袖には夫があったし、その夫は苦界から救い出してくれた恩人である。それ故《ゆえ》に直吉との仲が露見《ろけん》しないように周到《しゅうとう》だったのかもしれない。

「まさか、行き当たりばったりの辻斬りだったんじゃねえだろうな」

勝手なことを話しつづけている五郎七がそんなことをいう。

「物盗りではありませんでしたね。直吉の懐には財布が残っていたし、お袖の帯にも財布はありました。それに、二人ともばっさり斬られたんじゃなく、土手っ腹をひと突きにされてるんです」

菊之助は二人のやり取りを聞きながら通りの先に目をやった。

八ツ小路を抜け、須田町《すだちょう》に入ったところだった。大きな荷を背負った行商人が足早に三人を追い越してゆき、米俵を積んだ大八車がすれ違っていった。

軒をつらねている商家の暖簾が高く昇った日の光にまぶしい。甍《いらか》のずっと上には青い空が広がっている。先の四つ辻を曲がる者、横切る者……人の往来が増えている。

「どうしました？」

ふいに立ち止まった菊之助に、次郎が顔を向けてきた。

「魚正の主は正兵衛といったな」

「へえ」

「話はできるのか？」

「できますけど、もうさんざん聞くことは聞いてありますよ」

「それはわかっている。ひとつだけたしかめたいことがあるんだ」

「何をです？」

「うむ、とにかく会ってみよう」

菊之助は次郎には応じず、すたすたと歩きはじめた。

本船町にある魚正は、普段どおりに店を開けていた。ただ、忙しい朝市が終わり夕市まで時間があるので、店の者たちは土間奥の居間で茶を飲んで世間話に興じていた。

　菊之助が訪ねて行くと、客と間違えたらしく、

「刺身だったらすぐに捌きますが、塩物《しおもの》は漬けたばかりなので少し待ってくれませんか」

　という。出てきたのは若い奉公人だった。

「いや、そうではないのだ。正兵衛さんに会えないかと思ってね。いえ、横山という町方の使いなんだよ」

「横山さまの……」

　奉公人は菊之助を値踏みするように見てから、奥に下がっていった。土間には生け簀があり、活きのよい鯛《たい》や鮃《ひらめ》、烏賊《いか》などが泳いでいた。

　しばらくすると、与兵衛という番頭がやってきた。

「横山さまからのお使いだとおっしゃいますが……」

「荒金菊之助と申す。亡くなられたおかみさんのことで、二、三、たしかめたいことがあるのだ。正兵衛殿に会えないか」

「先ほどお医者が帰られたあとなので、お休みだと思うのですが……」

「いや、ここにおるよ」

座敷の壁を伝うようにして正兵衛が現れた。思うように体が動かないのが痛々しいが、眼光は鋭い。五十の坂を越えているらしいが、四、五歳は若く見える。

「どうぞ、おあがりください」

正兵衛は大儀《たいぎ》そうに座ってから菊之助をうながした。

「具合はいかがです？」

「どうにもいけません。手も足も痺《しび》れが強くなって……」

正兵衛は痺れているらしい足をさすった。

「荒金と申します。こんななりをしておりますが、横山の手伝いをやっている者です」

「目を見ればわかりますよ。なんなりとお聞きください。お袖の無念はなんとしてでも晴らしたいですからね」

「正兵衛殿は直吉という男を知っておられましたか」

「いいえ」

「すると二人がどんな仲だったかも、まったく知らなかったということですね」

「そうです」

「それじゃお袖さんに、直吉以外に男がいたことはありませんでしたか？」

正兵衛は目を見開いた。

「お袖に他の男がいたというのですか？　いや、それは……」

言葉を切った正兵衛は、一度宙に目を据えてから顔を戻した。

「お袖は吉原におりましたから、お袖に惚《ほ》れていた男はいたかもしれませんが、見当つきません。しかし、わたしが知っているかぎり、男がいたはずはありません。わたしがこうなってからはわかりませんが……」

「なるほど。お袖さんを身請けしたのは、三月《みつき》ほど前でしたね」

「五月ですから、もう四月《よつき》にはなりますが……」

「体調を崩されたのは、そのあとですか？」

「二月ほど前です」

「お袖さんがこの家に入ったあとというわけですね」

「そうです」

「すると、お袖さんと暮らしたのは四月ぐらい。しかし、楽しく過ごせたのは二月ほどということになりますね」

「まあ、そうですな……」

「わかりました。また何かわかったらお邪魔します」

「もうよいので……」

正兵衛は虚をつかれた顔をした。

「無理をさせては申し訳ない。お休みになったがよいでしょう。どうぞ大事になさってください」

菊之助はそのまま魚正を出た。

二

「菊さん、いったい何を聞いてきたんです」

魚正を出るなり、表で待っていた次郎が駆け寄ってきた。

「勘だ」

「勘……」

「その辺で飯でも食おう」

菊之助は次郎と五郎七を誘って、魚正からほどないところにある飯屋に入った。

このあたりの料理屋は場所柄、魚料理を出す店が多い。刺身に天麩羅《てんぷら》、煮魚に焼き魚……。

三人は今日は脂の乗った秋刀魚がうまいという店のおかみの勧めにしたがって、同じものを注文した。

「孝太郎という男が今回の件にどう噛んでいるかわからぬ。もっとも、それは秀蔵の調べ次第だが。じつは、気になることがあったのだ」

菊之助はそういって飯を頬ばり、秋刀魚の身をほじった。たしかにたっぷり脂が乗っており、白い身に甘みがあった。

「気になることって……」

次郎がたくあんを、ぽりぽりやりながら聞く。

「お袖が正兵衛に身請けされて嫁になったのは今年の五月だ。それから二月ほどして、正兵衛は具合を悪くしている」

「へえ」

次郎同様に、五郎七も好奇心の勝った目を向けてくる。

「邪推かもしれぬが、もし、お袖に他に好きな男がいたとしたら、どうだっただろう？」

「そりゃ、その男は……」

「身請けしてくれたことに感謝はするが、正兵衛を邪魔だと思いはしないだろうか」

　菊之助は五郎七を遮っていった。

「え、それじゃ、お袖が正兵衛を殺そうとしていたというんですか」

　次郎が目を瞠った。それから飯碗を置いて、言葉を足した。

「すると正兵衛がそのことに気づいて、先にお袖を殺したと、そう言うんですか」

「そうではない。現に正兵衛は自分で手を下すことはできなかった。人を雇ったと考えることもできるが、正兵衛は直吉のことを知らなかったのだ」

「自分ではそう言っていますが……」

「言いたいのは、お袖が正兵衛を殺そうと思っていたのではないかということだ」

「え、どうしてです？」

　次郎は五郎七と顔を見合わせた。

「いま言ったばかりではないか。お袖は他に好きな男がいて、その男といっしょになりたかったということだ」

「それが直吉だったと……」

五郎七だった。

「いや、それはわからぬ。だが、これは医者に聞いてみなければならないことだ」

「どういうことです？」

次郎は膝を詰めて聞く。

「正兵衛を診《み》ている医者のことはわかっていたな」

「へえ、八丁堀の芳雪《ほうせつ》先生です」

「では、芳雪先生を訪ねてみることにする」

五郎七と顔を見合わせる次郎を無視して、菊之助は飯に取りかかった。

小半刻後、菊之助は南茅場町《みなみかやばちょう》に住まう芳雪を訪ねていた。画家を兼ねる医者で、通された座敷の奥には描きかけの南画《なんが》があった。壁には山水画《さんすいが》なども飾ってある。

「ほう、正兵衛さんのことで……」

菊之助から訪問の意図を聞いた芳雪は、煙管に刻みを詰めながら、

「それで、どのようなことを」

といって、火をつけた。紫煙《しえん》がすうっと部屋のなかにたなびく。

「正兵衛殿は二月ほど前に中風になられたのでしたね」

「七月の終わりごろだった。店の者が慌てて呼びに来たので、行ってみると卒《そつ》中《ちゅう》で倒れたことがわかった。しかし、そう重くはなかった。軽くすんだのは、正兵衛さんの運の強さだろう」

「たしかに卒中だったのですか……」

「そりゃ、わたしは医者だから診ればすぐにわかる。卒中以外の何ものでもない。その証拠に手足が思うように動かなくなっておる。足のほうがひどいようだが……」

芳雪は白い眉を動かしながら、すぱっと煙管を吸いつけて、灰を落とした。ちゅん、と赤い火玉が灰吹きに張られた水に落ちて音を立てた。

「中風の他に手足の痺れる病気はありますか？」

「そりゃあるよ。多いのは血の流れが悪くなったときだが、糖が出てもそうなる。腰を悪くしても、痺れが起きる。それから心を病《や》んだ者にも見られる」

「原因にはいろいろあるというわけですか」

「そう、いろいろだ」

「それじゃ、食べ物や飲み物で似たようなことになることは……」

「食い物でだと……。ま、希《まれ》にある。毒茸《どくきのこ》やふぐにあたったときにも痺れは起きる」

「その痺れは残りますか？」

「悪くすれば残るだろうが、さあ、そんな患者にはめったに会わないのでな」

芳雪は少し困った顔をして、茶を口に含んだ。

「毒でもそうなりますか？」

「毒……」

芳雪は声を裏返して、白い眉を上下させた。

「はい、どうでしょう？」

「そういう毒もあるだろうが、よくはわからぬな」

「調べることはできますか？」

「そりゃ容易《たやす》いことだ」

「それじゃ先生、また日を改めて伺いますので、調べておいてもらえませんか」

「それはよいが、いったいそんなことを知っていかがするのじゃ……」

「お袖と直吉殺しに関係があるかもしれないからです」

三

町は傾いた日の光に包まれて、どことなく黄色味を帯びていた。

江戸橋広小路にある茶店で菊之助と次郎は、五郎七の帰りを待っていた。これまで直吉の女関係だけを調べていたが、仲のよかった男のことを調べる必要があった。だが、男が三人も揃って行けば、店の迷惑になるだろうからと気を使って五郎七にまかせたのだ。

夕暮れの広小路はどことなく慌ただしい、飴《あめ》売りの娘が声を張りあげ、菓子屋の丁稚《でっち》が呼び込みに忙しい。棒手振《ぼてふり》も夕方の商売に精を出しているらしく、あっちへこっちへと行き交っている。広場の隅に筵を広げた青物《あおもの》屋は、たたき売りをはじめている。

仕事帰りの職人に相撲取り、江戸詰めの勤番侍《きんばんざむらい》の姿もある。

「帰ってきましたよ」

次郎が湯呑みを持ったまま一方を見た。汁粉《しるこ》屋の前で町駕籠《かご》とすれ違った五郎七が、小走りにやってきた。

「旦那、勘があたりましたよ。直吉は孝太郎と仲がよかったそうです。ときどき、店が終わるころ誘いに来ていたそうで、店の者もよく知っておりました」

「他には……」

「三人ほどいます」

五郎七はそういって三人の男のことを話した。

数寄屋町《すきやちょう》の京菓子屋の手代・新吉《しんきち》
通《とおり》三丁目にある乾物《かんぶつ》屋の手代・伊三郎《いさぶろう》
元大坂町《もとおおさかちょう》の大工・為五郎《ためごろう》（直吉が以前住んでいた長屋の住人）

「直吉は釣りが好きだったらしく、新吉と為五郎と休みのたびに出かけていたといいます」

「伊三郎は？」

「こいつは飲み仲間のようです。孝太郎も同じで岡場所にもつるんで行っていたとか」

「よく調べた。秀蔵が孝太郎からどんな話を聞いてくるかわからぬが、それ次第では役に立つだろう」

秀蔵が姿を見せたのは、七つ半（午後五時）ごろだった。

まさか菊之助たちが、江戸橋広小路の茶屋で待っているとは思っていなかったらしく、

「何だ、こんなところにいたのか」

と、驚いた顔をした。

「落ち合う場所を決めていなかったので待っていたのだ。いずれこのあたりを通ると思っていたからな。それでどうだった」

「孝太郎は店をやめてやがった」

秀蔵はいささか疲れた顔でいって、菊之助の隣に腰をおろした。

「いつやめたのだ？」

「一月ほど前だ。住んでいる長屋にもいねえ」

「それじゃ、どこに……」

「だから足を棒にしてあちこち捜し歩いていたんだ。新しい勤め先もわかったが、そこにもいなかった。二日来ただけで、あとは、なしのつぶてだという」

「長屋にはまだ住んではいるのだな」

「越した様子はないが、長屋の連中はここ二、三日姿を見ないという。甚太郎を見張りにつけているが……」

孝太郎の住まいは、村松町《むらまつちよう》にある左衛門店《さえもんだな》という長屋だった。

「ひょっとすると、孝太郎を押さえることで片づくと思っていたんだがな」

「あきらめちゃいねえさ。五郎七、あとで孝太郎の長屋を教えるから、おまえは甚太郎の助をしに行ってくれ」

秀蔵はそういったあとで、おまえたちのほうはどうだと聞いた。

菊之助は直吉の男友達がわかったことと、魚正の正兵衛の病気が気になることを話した。

「正兵衛は中風ではないか」

「そうだが、ひょっとすると違うかもしれぬ」

「違う……」

秀蔵は目を細めて小首をかしげた。

「正兵衛は卒中で倒れて中風になったらしいが、手や足の痺れは他のことでもなるらしいのだ。例えば、ふぐや毒茸にあたってもなる。もし、お袖に好きな男がいて、その男といっしょになりたいと思っていたなら、亭主が邪魔になる。そのために、お袖がひそかに仕組んだかもしれないというわけだ。まったく見当違いかもしれぬが……」

「それじゃ直吉はどうなる。お袖の好きな男が直吉だったなら、辻褄《つじつま》が合わねえだろう」

「たしかにそうだが、もし直吉がお袖の秘密を知っていて脅していたとすればどうなる？」

「お袖の秘密ってえのが好きな男のことってことか」

「他のことかもしれぬが、亭主がいながら他の男と通じているのを知った直吉は、正兵衛に告げ口してほしくなければ、金を出せと脅す。お袖は後添いになったばかりとはいえ、魚正のおかみだ。金の工面はつくはずだ」

「それじゃ、直吉は誰に殺されたんだ。直吉に強請《ゆす》られるのを嫌ってお袖が人を雇って殺《あや》めたとしても、お袖までもその下手人は殺すだろうか」

「それをいわれると返す言葉がない。だが、ここはいろんなことを考えてみたらどうだろうかと思ったのだ」

「ふむ……」

秀蔵は小女《こおんな》が運んできた茶に口をつけて、遠くを眺めた。

「おまえの考えを蔑《ないがし》ろにするわけではないが、ここはまず孝太郎を押さえるのが先だ。それ次第で、つぎのことは考える」

そういう秀蔵ではあるが、自分のいったことをよくよく思案するであろうと、菊之助は思った。秀蔵とはそういう男なのだ。ぞんざいな面もあるが、細やかな神経を持ち合わせており、ことに臨んでは慎重すぎるほど慎重になるときもある。

「孝太郎は明日にでも押さえる。みんなそのつもりでいろ。菊之助、すまぬが明日も付き合ってくれるな」

「あらためて聞くようなことではなかろう」

「ふん。人が下手に出りゃ、すぐこうだ。ま、いい。明日だ」

その日の探索はそれで終わりだった。

菊之助は次郎といっしょに家路についた。気がつくと、もう夕闇が濃くなっていた。気の早い店は、提灯に灯を入れたりしている。

「お帰りはもっと遅いのかと思っておりましたわ」

帰宅した菊之助を迎えたお志津は、そういって足拭きを出してくれた。

「秀蔵の仕事を手伝うことになった」

「あら、またでございますか」

あきれたようにいうお志津だが、驚きはしない。

「それじゃ、直吉さんのことですね」

「そうだ」

「湯に行ってきますか、それとも今夜はよします？」

「いや、熱いのに浸《つ》かってこよう」

菊之助がそう答えたとき、のそっと戸口に人影が立った。びっくりして見ると、蛍亭のお福だった。

「あの、大変なことになりました」

お福は暗い顔をして、そんなことをいった。

四

「久蔵がまた何かやらかしましたか……」

お福はうなだれたまま、こくっとうなずいた。

「とにかくお入りなさい」

菊之助はお福を居間にあげて向かい合った。

「いったい何があったというんです」

「今日、店は休みだったのですが、あの人は朝早くから出かけまして、昼過ぎに酔っぱらって帰ってきたんです」

「酔って……」

「普段酔うほど飲む人ではないので、どうしたのかと訊ねても何もいってくれません。ですが夕方になって、久吉に会ってきたと申すんです」

「それじゃ品川に行ったのか。しかし、なぜ久吉の行った先が……」

「自分の伜のことだから、久吉の考えることは先刻お見通しだ、といって……。案の定、品川に行ってみれば、久吉がいたらしく……」

「それで……」

菊之助はお志津が運んできた茶を、お福に差し出した。

「また殴りつけたらしいのですが、久吉が逆らったといいます。そのうえ、親を見放すようなことを口にしたと申します」

「なんと……」

「もう父親のいうことは聞きたくない。これ以上世話になるつもりなんかないと、言ったらしいんです。それで、あの人は久吉を見捨てたと言います。うちには端《はな》から子供なんかいなかったのだと……」

「それでいまは、どうしているんです？」

お志津が心配そうな眼差しをお福に向けた。

「家にいます。話しかけても、明日の仕事のことを考えているのだから、黙っていろと、いつもと変わりありません。胸の内では久吉のことを思っているはずなんですが、どうしたらよいものかわからなくなりまして……」

お福は言葉を切って菊之助とお志津を眺めた。

「あの人は頑固ですから、一度こうだと決めたことは決して曲げません。久吉が戻ってきてもすぐには家に入れないでしょうが、いまならまだ間に合うような気がするんです。それで迎えに行ったほうがよいのか、それともこのまま様子を見ていたほうがよいのか……どうしたらよいでしょうか？」

菊之助は茶に口をつけて、しばらく考えた。久蔵に直接会って話を聞くのが一番だろうが、会ったところで邪慳《じゃけん》に追い払われることはわかっている。

「今夜のうちに迎えに行ってしまおうかとも思っているのですが……」

「久吉は親に逆らったんですね」

菊之助はお福を見た。

「手を出したというのではなく、ひどい口答えをしたようです。どんなことを言ったのかわかりませんが、あの人は見損なった、あんな子供に育てた覚えはないと、そんなことを言うだけです」

「久蔵は悔やんではいないのだろうか……」

「そりゃ、自分の子供ですから、少しは応えているはずです」

「久吉さんが頭を下げて戻ってくれば、許してくれるのではないですか」

お志津がまじまじとお福を見た。

「それはどうでしょうか……」

「久吉はもう家には戻らないといっているのですか?」

菊之助だった。

「そんなことは言っていないと思うんですけど……」

「お福さん、二、三日様子をみたらいかがです」

「でも、今夜を逃すとあとはしばらく休みが取れません。店を抜ければ、あの人がまた癇癪を起こすのは目に見えていますから……」

「久吉が二、三日で帰ってこなかったら、わたしが迎えに行きましょう」

「そんなことをしていただくわけにはまいりません」

「かまいませんよ。それにいくら喧嘩をしたといっても、血のつながった親子だ。久蔵が頑固だといっても、いずれ許してくれるのではないですか」

「それは久吉次第だと思います」

「とにかく様子を見ましょう。おそらく二人とも頭に血を上らせているのだろう。日を置けば、頭を冷やして考えなおすこともできる」

「でも、このまま放っておいて取り返しのつかないことになったら……」

お福はあくまでも不安をぬぐい切れないでいる。

「おかみさん、考えすぎではありませんか。久吉さんは無茶をするような人ではないでしょう。もし、そんな人だったらとっくの昔に家出をするなり、久蔵さんに盾突《たてつ》いているのではありませんか」

お志津は口の端にやわらかな笑みを浮かべて諭すようにいう。

「そうかもしれませんが、亭主は頑固を絵に描いたような人ですから」

「それでも鬼のような人ではないはずです」

「……それじゃ、やっぱりいまはじっとしているだけでいいんでしょうか」

「わたしはそう思います。この人もそのほうがいいといっているのですから、ここは久吉さんを信じてあげたらいかがでしょう」

お志津の言葉でお福はやっと納得したらしく、小さくうなずいた。

五

翌朝は、風が強かった。

木々の枝に残っていた枯れ葉が吹き飛ばされれば、天水桶に重ねられた手桶ががらがらと崩れて、通りに転がった。商家の暖簾や幟は激しくめくりあげられ、ぱたぱたと音を立てていた。

菊之助は次郎といっしょに、村松町の左衛門店に足を運んでいた。孝太郎の住んでいる長屋である。木戸口《きどぐち》に近づくと、

「旦那、こっちです」

と、五郎七がどこからともなく駆けてきた。

「孝太郎は?」

「帰ってきませんね。それより、腹が減ったんで代わってもらえますか」

「いいとも。どこで見張っているんだ?」

「さっきまでそこの小間物屋にいましたが、井戸端あたりでもかまわないでしょ

う。先方はこっちのことは知りませんからね」

「それじゃ、早く飯を食ってこい」

菊之助と次郎は長屋に入って、奥の井戸端の近くに腰をおろした。路地を吹き抜ける風が、建て付けの悪い家の戸をカタカタ鳴らしていた。

長屋のおかみ連中も、この風だと洗濯物を干せないと思ったのか、家に引っ込んだままだ。しばらくして秀蔵が、甚太郎と寛二郎を連れてやってきた。

「帰ってきてねえか……」

秀蔵は孝太郎の家に目を注いで、

「ここは菊之助、おまえにまかせた。じつは孝太郎に女がいることがわかってな。先にそっちを当たってこよう」

そういって、さっさと行こうとする。

「秀蔵、その女の家は？」

「亀井町《かめいちょう》にある千五郎《せんごろう》店だ。通油町《とおりあぶらちょう》にある〈三浦屋《みうら》〉という料理屋で仲居《なかい》をやっている」

秀蔵はそれだけを告げて、長屋を出ていった。

菊之助は孝太郎に女がいたのをどうやって突き止めたのか、あえて聞かなかった。聞くのは野暮《やぼ》である。秀蔵のような町方は、ほうぼうに手先を持っている。その手先が誰であるかは、同心仲間も知らない。秀蔵はひそかにそんな手先を動かしているのだ。

出職《でしょく》の職人らが出払った長屋は静かだった。家にいるのは居職《いじょく》の職人と、子持ちの女房に幼い子供たちだ。孝太郎の家を見張っている菊之助と次郎に、ときどき好奇の目を向けてきたが、別段あやしんでいるようではない。

一刻《いっとき》(二時間)ほどして風が弱まり、雲が払われて、晴れ間がのぞいた。それから小半刻もたたないときだった。ひとりの男がよれたなりで長屋に入ってきた。夜明かしでもしたのか、ずいぶん疲れた顔をしている。

「菊さん」

次郎が菊之助の肘をつついた。

「うむ」

男はまっすぐ一軒の家の戸口で立ち止まり、ごそごそやって家のなかに入っていった。ばちんと音を立てて戸が閉められた。孝太郎の家だった。

腰をあげた菊之助は、まっすぐ孝太郎の家に行き、戸口に立った。

「ごめんよ」

菊之助はそのまま戸を引き開けた。布団を敷いていた孝太郎が、中腰のまま菊之助と次郎を見た。

「なんだよ」

「孝太郎だな。村雨屋の手代・直吉のことで聞きたいことがある」

「直吉の……。で、あんたらは？」

「南町の助をしている者だ」

それだけで孝太郎はわかったらしく、表情をこわばらせた。元は薬種屋の手代だというが、どことなく拗《す》ねた顔をしている。人の応対がうまいとは思えない。

「家を空けていたようだが、どこへ行っていた？」

「どこって、ちょいと本所《ほんじょ》のほうですよ。親戚がおりましてね」

「直吉に会ったのはいつだ？」

菊之助は居間の縁に腰をおろして、家のなかに視線をめぐらした。家具調度は少ない。古着の羽織袴が衣紋掛に吊《つる》してあった。

孝太郎は敷きかけていた布団を丸めて、足で隅に押しやった。

「直吉のことを、なんで……やっと会ったのは半月ほど前です」

「半月も前……最近は会っていなかった。そうか？」

「会ってませんよ。やつが何かやらかしましたか?」

　菊之助は孝太郎を凝視した。

「直吉は殺された。下手人はまだわかっていない。とにかく、おまえにはいろいろと聞かなければならない。しばらく邪魔をするがいいな」

　菊之助はそういって、次郎を秀蔵のもとに走らせた。

　秀蔵がやってくるのに時間はかからなかった。その間に、菊之助は大方のことを聞いていたが、孝太郎は殺しには関わっていないようだった。

　やってきた秀蔵も菊之助とほぼ同じことを聞き、孝太郎もほぼ同じことを口にした。

「旦那、おれのことを下手人だと思っていたんですか」

　おおむねの訊問に答え終わったあとで、孝太郎はそんなことを言った。不安だったのか、ホッと安心した顔だ。

「ああ。ひょっとすると、そうじゃねえかと思っていた」

　秀蔵は遠慮のないことをいう。

「それで、おまえが行っていたという親戚の家だが、どこのなんという家か教えてもらおうか。念のためにたしかめなきゃならないのでな」

孝太郎はあきれたようなため息をついて、聞かれたことに答えた。

「それから直吉と舟針の蔓吉の賭場で喧嘩をしたそうだが、それは何がもとだったんだ？」

「そんなことまで知ってるんですか」

孝太郎は目を見開いて驚いた。

「なにもかも調べるのが、おれの役目だ」

「町方の旦那の目は誤魔化せないってことですか。……直吉と揉めたのは、貸した金のことです。どうってことありません。たかだか三分《ぶ》の金のことでした。おれがやつに貸したのを、なかなか返してくれねえんで……」

「おまえが催促をしたというわけか」

「へえ、それがあの野郎、人から金を借りたくせに、『強突張《ごうつくば》りの金貸しみたいなことというな』といいやがったんで、かちんときたんです」

「直吉は他に借金をしていたようなことは……」

「あるんじゃないですか。博奕は好きだけど負けてばかりで、いつもぴーぴーしてましたから」

「どこの誰に借りていたかわかるか？」

孝太郎は首を横に振った。だが、すぐに何か思いあたった顔をした。

「そういやあ、直吉が妙なことをいったことがあります」

「……」

「このままでは殺されるかもしれないと……」

「誰にだ？」

「闇で金を貸している権八《ごんぱち》という男です。直吉がいくら借りていたかは知りませんが……」

孝太郎の長屋を出たのはそれからすぐだった。

「菊の字、おれたちは権八をあたる。おまえは昨日おれに言ったことを調べてくれ。こうなったら、あらゆることを考えなければならぬ。次郎、菊之助についてまわれ」

秀蔵はそのときどきで、菊之助といったり菊の字といったりする。

六

秀蔵と別れた菊之助は、昨日、五郎七が調べてくれた、直吉と仲のよかった男三人をあたることにした。

そのなかのひとり、大工・為五郎は、どこの普請場《ふしんば》にいるかわからないので、後まわしにして、まずは通三丁目の乾物屋〈金沢屋《かなざわ》〉に足を向けた。

風はいっとき収まっていたが、また吹きはじめていた。強くなったり弱くなったりの繰り返しで、道行く者は被っている笠や手拭いを飛ばされないように押さえていた。

風で裾を大きくめくられた若い娘が悲鳴をあげていた。

金沢屋の手代・伊三郎は、直吉との仲を認めて、その死に衝撃を受けた顔をしていたが、下手人についてはまったく心当たりがないといった。

「魚正のおかみと付き合っていたというのはどうだ?」

「いや、それも寝耳に水のことで、そんな話は聞いたこともありませんでした」

伊三郎は実直そうな男で、その目に嘘は感じられない。

「滅多に口にできないことだから黙っていたのだろう」

「いや、直吉だったら、せめてわたしには漏らしていたと思うんです。直吉は何かと自慢したがる男でしたから……。でも、そうですね。相手が大店の後添いで、しかも女郎《じょろう》あがりだったから黙っていたのかも……」

結局、伊三郎からは何も得るものはなかった。

菊之助と次郎はそのまま数寄屋町の京菓子屋に向かった。〈鼓月堂《こげつ》〉という店で、贈答用に重宝《ちようほう》されている老舗《しにせ》である。

数寄屋町は江戸一番の目抜き通りである通町から脇に入った筋にあり、わりと閑静な町である。それに合わせるように小洒落《こじやれ》た店が多く、いずれも高級店である。

と、鼓月堂のそばまで来たとき、ひとりの男が店のなかから転がるように表に出てきた。尻餅をついたまま青ざめた顔で、

「ご勘弁を、どうかご勘弁を」

と店のほうを向いていう。

すぐにひとりの男が現れた。これは総髪《そうはつ》の浪人で顔をまっ赤にしている。

「なにが勘弁をだ。人にろくでもないものを食わせておいて、勘弁もくそもあるか。やい、立ちやがれ」

浪人は男の襟首をつかんで、そのまま吊りあげた。すごい腕力である。暖簾をくぐって他の奉公人も出てきたが、おやめくださいというだけで、おろおろしている。

「お代でしたらお返しいたしますので、どうかご勘弁を」

浪人に吊りあげられた男は、宙に浮いた足をばたばたやっている。

菊之助が止めに入ろうとするより先に、次郎が駆けていった。

「やめねえか、やめねえか。何があったか知らねえが、乱暴はいけねえ」

割って入ろうとする次郎を、浪人はにらみつけた。

「なんだてめえは。口出し無用だ」

「そうはいかねえよ。ここは天下の将軍様のお膝元だ」

「何をッ」

浪人は若い男を放り投げた。すぐに、店の者が腰を打ちつけて痛がる男に駆け寄って、

「若旦那、大丈夫でございますか」

と声をかけて心配する。

その一方で、浪人の怒りは次郎に向けられていた。

「若造の分際《ぶんざい》で、ずいぶん生意気な口を利くではないか。虫の居所が悪いときに、横槍を入れやがって。てめえなんぞすっこんでいろ」

浪人はすごい目つきで次郎をにらむと、若旦那のほうに歩み寄った。そこをす

かさず次郎が遮った。

「やめろといっているだろう。弱い者いじめをしてなんになる。揉め事があるならおとなしく話し合ったらどうだ」

「くそ生意気なことをいう若造だな。するとてめえは、この店のまわし者か。だったら容赦しねえ」

浪人は腰の刀をすらりと抜き払った。次郎は表情を固めて、数歩下がると腰の十手を構えた。

「これを見れば、おれがどんな男だかわかるはずだ。刀を納めるんだ」

そういう次郎に、浪人はくくっと短い笑いを漏らした。

「そんなもんでおれが怖《お》じ気《け》づくとでも思っているのか。よし、相手になってやる」

浪人はいきなり次郎に斬りかかった。

傍で見ていた菊之助は、まさか浪人が本気で斬りつけるとは思わなかったので、はっとなった。つぎの瞬間には、地を蹴って駆けた。

その間にも、浪人は第二、第三の斬撃を次郎に送り込んでいた。その太刀筋はしっかりしているが、次郎は敏捷《びんしょう》に刃圏《やいばけん》を外して逃げていた。

「やめろ！　やめるんだ！」

菊之助は次郎を庇うように立ち塞がった。

「なんだ、なんだ。今度は別の助っ人か。こうなったらひとまとめにして撫で斬りにしてくれる」

ビュッと刃風《はかぜ》をうならせて、浪人は横に刀を振った。無腰の菊之助は、半身を捻《ひね》ってかわした。

「小癪なことを……」

「おれは無腰だぞ。そうとわかって斬りつけてくるか」

菊之助は敢然《かんぜん》といい放ち、口を引き結んだ。いつものやわらかな目つきを鷹の目に変え、相手の出方を見た。

「無腰だろうがなんだろうが、邪魔立てをして難癖《なんくせ》をつけるやつは容赦せぬ」

この男は正気ではないと、菊之助は思った。

「次郎、十手を貸せ」

菊之助は右手を背後に伸ばした。その手に十手が納まると、ぎゅっと柄を握り、わずかに力をゆるめて、斜《はす》になって身構えた。十手を胸の前に掲げ、浪人の目を凝視した。

「そんなもんで、おれに……舐めたことを」

浪人はいうなり、大上段から刀を振り下ろしてきた。菊之助はさっと右足を引いて半身を捻るなり、浪人の刀を打ち払った。

キン、という甲高い音が耳朶《じだ》にひびいた。浪人の形相が変わった。目尻を吊りあげ、額に青筋を走らせた。赫々《あかあか》と目を血走らせ、尋常でない殺気を募らせたかと思うや、

「とりゃあ!」

裂帛《れっぱく》の気合を込めて撃ち込んできた。

菊之助は横に動いてかわすと、間合いを取って十手を構えなおした。土埃を巻きあげる風が、浪人の総髪を乱した。それにはかまわず浪人は脇構えになって、爪先で地面をつかみながら詰め寄ってくる。じりじりとその間合いが詰まる。

菊之助は左足を引き、わずかに腰を落とした。浪人がゆっくり刀を振りあげた。雲の隙間から漏れる日の光が、鋭い刃にあたって照り輝いた。いつの間にか周囲に野次馬が集まっていた。

浪人の右足に力が入るのが見えた。刹那《せつな》、跳ぶように斬り込んできた。菊之助

は逃げずに、相手の懐へ入るために、左足で地を蹴った。

どすっと、鈍《にぶ》い音がした。

浪人の刀は空《くう》を切っていた。しかし、その鳩尾《みぞおち》に十手が食い込んでいた。

「うげぇ……」

浪人は吐きそうな顔をして体を二つに折り、手から刀を落とし、そのままどさりと横に倒れ、苦しそうに腹を押さえてうめいた。

「立て」

菊之助が浪人の襟をつかんだとき、熟柿《じゅくし》のような臭いが鼻をついた。

「きさま、酔っているな」

そういうと、浪人は最前の勢いはどこへやら、腹を押さえたままあぐらをかき、

「どうにでもしやがれッ」

と、情けない顔でふて腐れた。もはや騒ぎを起こすつもりはないようだ。

「いったいこの男は何をしたのだ?」

菊之助は若旦那に声をかけた。

七

「へえ、うちの店の菓子を買ってもいないのに、腹を下したのでどうやってつぐなうと迫られました。そんなはずはないと申しますと、いきなり怒鳴り散らされまして……」

鼓月堂の若旦那は、浪人を恐れながらそういった。そばにいる奉公人も、手前どもに落ち度はない、無体な因縁をつけられただけだという。

「悪さはできぬな。これ以上恥をかかぬうちに、どこぞへと消えたがいいのではないか」

菊之助にいわれた浪人は、もそもそと起きあがると、しょげたように肩を落として立ち去った。

「まったくどうしようもねえ野郎だ。けッ」

そう吐き捨てた次郎は、浪人を見送ってから菊之助に顔を向けた。

「菊さん、さっさと仕事を片づけましょう」

「うむ」

手代の新吉は、若旦那を庇うように心配していた男だった。浪人に脅された若旦那は金兵衛《きんべえ》という名で、隠居した父親の跡を継いだばかりだった。一難を救われた思いがあるらしく、菊之助と次郎を丁重に迎え、客座敷に通してくれた。

茶といっしょにその店で一番高価な菓子まで出してくれた。餡《あん》が、薄紅色をした薄皮を通して見える。秀蔵だったら大層喜ぶだろうと、菊之助は思った。

「直吉が殺されたと聞いてびっくりしていたんでございますが、どうしてそんなことになったのか……。それに魚正のおかみさんも殺されたというので、いったいどうなっているのだと思っていたのです」

菊之助から訪問の意図を聞いた新吉は、そんなことをいった。

「それじゃ、直吉と魚正のお袖の関係は知らなかったということか……」

「初耳でございます」

新吉は正直そうな目を大きくしていう。

「直吉の口からお袖の名や、魚正のことが出たこともなかった、そういうことだろうか」

「まったくありません」

菊之助は、「ふむ」とうなるしかなかった。念のために直吉が殺された晩のことをたしかめたが、別に疑う点はなかった。また、新吉の身の潔白を証すことを、他の奉公人が言葉を添え足しもした。

件《くだん》の夜は、隠居した鼓月堂の主の古希《こき》の祝いがあり、遅くまで飲んでいたらしいのだ。これは新吉と同じ長屋に住む奉公人の弁であった。

「残るは大工の為五郎ということになるな」

鼓月堂を出たあとで菊之助はつぶやいた。

「長屋だけでも見ておきますか」

並んで歩く次郎がいう。菊之助はそうしようと応じた。

為五郎の住まう長屋は、じめついた日当たりの悪い場所にあるだけでなく、建物自体もかなり傷《いた》んでいた。

木戸番《きどばん》がいうには、この長屋だけは火事があってもなぜか助かるのだそうだ。近所でもめずらしいほど古い長屋だという。

為五郎の家に行ったが、やはり留守であった。隣に住まう年寄りに出先を訊ねたが、わからないと目脂《めやに》のついた目をしょぼしょぼさせただけだった。

出直すことにして長屋を出ると、

「芳雪先生の家に行ってみよう。おまえも行くか」

と言って菊之助は次郎を見た。やることがないからいっしょに行くという。

「それで何しに行くんです？」

「ちょいと頼んでいることがあるんだ」

そのまま来た道を引き返した。

と、江戸橋の北詰めに来たときだった。菊之助は次郎に袖を引かれた。

「菊さん、あいつですよ」

示されたほうを見ると、鼓月堂を強請ろうとしていた浪人が、ぼうっとした顔で日本橋川を向いたまま、背中に孤愁《こしゅう》を漂わせ佇《たたず》んでいる。

気になった菊之助は近寄って声をかけた。

「おぬし、何をしている……」

浪人はゆっくり振り返ると、菊之助と次郎に気づき、「やッ」と声を漏らすなり、刀の柄に手をかけた。

第五章　迷走

一

「待て」

菊之助は手をあげて制した。

「余計なことかもしれぬが、いったい何をしているのだ」

「何をしていようが、人の勝手であろう」

浪人は太い眉を吊りあげてにらむ。
二、三日顔をあたっていないらしく、無精髭《ぶしようひげ》が生えているし、袴も羽織も埃にまみれていた。
「江戸の者ではないようだな。わたしは荒金菊之助と申す。こっちは次郎だ」

菊之助が名乗ると、浪人は柄にかけていた手を下ろし、警戒心を解いた。ついでに情けなさそうに眉を下げる。

「拙者《せっしゃ》は上野《こうずけ》国沼田《ぬまた》の浪人、中島繁蔵《なかじましげぞう》と申す。もとは土岐《とき》家の家臣であった」

「江戸には何をしに……。まさか強請りたかりに来たのではあるまい」

中島はあらためて菊之助と次郎を見て、

「おぬしは武士のようだが、なぜ町人のようななりをしている。それに町方の手先のようでもあるが……」

と、値踏みするように二人を見た。

「人にはいろいろある。わたしは郷士《ごうし》の出だが、いまはしがない研ぎ師でもある」

「研ぎ師……」

立ち話になったが、菊之助は言葉を継いだ。

「武士身分は捨ててはおらぬが、身過ぎ世過ぎはままならぬ。故あって町方の手伝いをときどきしているだけだ」

「そういうことであったか……」

そのとき中島の腹がグウと鳴った。とたん、ばつが悪そうに顔をしかめた。腹

が減っているのだと悟った菊之助は、

「これも何かの縁だろう。その辺で話でもしないか」

と誘った。

「なに咎め立てをするつもりはない。ちょうど昼前だし、小腹を満たそうと思っていたところなのだ」

「いや、拙者は……」

「飯ぐらい馳走しよう。遠慮はいらぬ」

中島は躊躇《ためら》っていたが、「それなら」とつぶやいて、ついてきた。次郎が低声《こごえ》で、

「あんな野郎に慈悲をかけることはないでしょう」

と苦言を呈したが、菊之助は取りあわなかった。

江戸橋を渡ったところにある小さな飯屋に入ると、魚の煮付けと香の物を注文した。飯は三人とも大盛りである。料理はすぐに届けられ、食事にかかった。いささかやはり、中島は腹が減っていたらしく、がつがつと飯をかき込んだ。

下品ではあるが、その食いっぷりは見ていて気持ちがよかった。

「思わぬことで馳走になって申し訳ない。じつは懐が侘《わ》びしいゆえ、一昨日から

ろくなものを食っていなかったのだ。今朝、残り少ない金で酒を飲んだら、魔が差してしまってな。いや、ご迷惑をおかけし申した」

意外に中島は律儀《りちぎ》なことをいう。そう悪い男ではなさそうだ。腹が満ちて安心したのか、茶を飲みながら話をつづけた。

「江戸にやってきたのは女に会うためだったが、来てみれば、その女は身請けされていなくなっていた。仕方ないので他の女ですましてしまったが、そこでほとんど有り金を使ってしまってな」

「それは吉原ってことですか?」

次郎は興味を持ったらしく、言葉つきを変えて訊ねる。

「いかにもさよう。ところが、やはりその女に会いたくて身請け先を聞いて行ってみれば、殺されてしまったというではないか……何ということかと、じつは悲嘆に暮れていたのだ」

菊之助と次郎は顔を見合わせた。

「それは、もしかしたら吹雪という大和屋の花魁で、魚正に身請けされた女のことでは」

次郎の言葉に、中島はまばたきもせず目を瞠《みは》り、口を半開きにした。それから、

あらためるように菊之助と次郎を見て、

「もしや、お手前らは吹雪の下手人を……」

といって、目をきょろきょろさせた。

「いかにもそうだ」

「いや、これは大変な無礼を。いや申し訳ない。それで、その下手人はわかっているのでござろうか」

中島は身を乗り出してくる。

「調べているところだが、難渋《なんじゅう》している。何か心当たりでも……」

菊之助の言葉に、中島は「ある」と、はっきりいった。

今度は菊之助が驚く番だった。

「それはいったい……」

次郎は尻を浮かして訊ねた。

「吹雪に入れ込んでいた男がいる。旗本の三男坊で、名をたしか……そうだ、野《の》田忠三郎《だちゅうざぶろう》と申した。そうだ野田だ」

菊之助は目を光らせた。

「その野田なる男の屋敷は？」

「わかる」

と、中島は自信を持っていう。

「次郎、秀蔵を捜して、野田忠三郎をあたらなければならぬ。金貸しの権八の家は……」

「神田八名川町《かんだやながわちょう》だといっていました。御籾蔵《おもみぐら》のそばだと」

「そうだった。中島殿、付き合ってもらえぬか。これは大事なことなのだ」

「いわれるまでもない。吹雪の無念を晴らすためだったら、お手伝いつかまつる」

三人はすぐに飯屋を出た。

歩きながら中島は、一年前に吹雪に会い、以来忘れることができなかったと漏らした。

「金のない身の上であるから、吹雪の廓《くるわ》にあがれたのは二度しかないが、拙者は一日たりとも忘れることがなかった。買うことができなくても、江戸町の茶屋で吹雪が仲之町《なかのちょう》を歩く姿を何度も遠目に拝んでいた。しゃなりしゃなりと、その艶《なま》めかしく華やかで美しい姿を指をくわえて眺めたことがあった」

「しかしなぜ、野田忠三郎のことを知り得たのだ」

「やつは拙者と違い旗本の家柄で金がある。茶屋でたびたび見かけているうちに、吹雪の贔屓客だと知ったが、吹雪も野田に思いがあったらしく、文のやり取りをしていたのだ。まあ、そんなのはよくあることだから、ぐっと堪えるしかなかった。なにせこっちは貧乏侍だ」

「文のやり取りをしていた……なるほど……」

「身請けされたと聞いたとき、てっきり野田だと思ったのだが、そうではなかった。魚問屋の後添いになったという。そのとき、野田のことをざまあ見ろと思ったが、今度は吹雪が殺されたというから、まったく……」

中島はやるせなさそうに首を振った。

「まさか上野からわざわざ吉原に通っていたのではなかろう」

「参勤で江戸に来た折のことでござるよ。しかし、役目を解かれてしまって、その楽しみもなくなった」

「なぜ、役目を……」

「拙者の兄弟が刃傷沙汰を起こして連座になってしまったのだ」

つまり、不始末を起こした兄弟の連帯責任を取らされたということである。

「それで浪人に……」

「運が悪いというしかない」

中島はため息をついた。

三人は神田川《かんだがわ》に架かる新《あたら》シ橋《ばし》を渡り、神田餌鳥《えとり》屋敷の手前を右に折れて神田八名川町の通りに入った。左手に御籾蔵の練塀《ねりべい》がつづいている。塀からせり出した木の枝葉が、今朝の風ですっかり落ちていた。葉を落とした枯れ枝は、その先に広がる青い空に罅《ひび》を走らせていた。

しばらく行ったところで、菊之助は秀蔵たちを見つけた。先方も気づいて菊之助たちを振り向いた。

二

「なに、お袖に好きな男がいただと。それはまことか?」

菊之助からあらましを聞いた秀蔵は、中島を見た。

「嘘ではありません。文のやり取りをしていたほどの仲ですから、身請けされた吹雪を、いや、お袖のことを恨んだとしても、なんら不思議はないはずです」

「ふむ。そうなると、直吉のことがわからなくなるな」

秀蔵は顎を撫でて考える。菊之助も同じ疑問を持ったのだが、聞き流せる話ではないから、わざわざやって来たのである。

「秀蔵、ここは直吉のことはひとまず置いて、野田忠三郎をあたってみるべきではないか。身請けされたあともお袖と通じている仲だったとすれば、やはり問題であろう」

菊之助の言葉に、秀蔵は思慮《しりょ》深い顔でうなずいた。

「野田忠三郎が下手人につながることを知っていたら、どうする？」

「だが、相手は旗本だ。めったなことでは調べはできぬ」

町奉行所は原則、武家への介入はできない。調べには所定の手続きを踏まなければならないのだ。

「そんなことをいっている場合ではないだろう」

「わかった。とにかく権八に話を聞いたあとだ」

「まだ会えないのか」

「そろそろ帰ってくるはずだが……」

秀蔵は遠くに視線を飛ばして、

「おまえたちはどこか近くで待っていてくれ。権八ひとりにこんな人数はいらぬ」

そういったあとで菊之助を見て、おまえだけ残れといった。

「それから中島と申したな。あとで話があるから待っていてくれ」

「いわれるまでもなく……」

中島が返事をする。鼓月堂で騒ぎを起こした男とは思えぬ変わりようである。

みんなはそんな中島を連れて、ぞろぞろと鶴岡《つるおか》藩酒井《さかい》家下屋敷のほうへ歩いていった。

「旗本がからんでいると、厄介なことになるな」

秀蔵は十手で肩をたたきながらつぶやく。

「だが、事は殺しだ。しかも二人も死んでいるのだ」

「いかにもそうではあるが……」

「権八の家はそこか」

菊之助はそばの家を見ていった。

「そうだ」

闇の金貸しらしいので、看板も何もない小さな家だ。それでも縁側の前には手入れの行き届いた小庭があり、戸口の横には枝折戸《しおりど》まである。

目当ての権八がやってきたのは、それからしばらくしてのことだった。羽織袴のなりで、小僧を連れていた。菊之助は見るからにあくどい男だろうと思っていたが、四十半ばの小柄な男で人当たりのよさそうな顔をしていた。

「村雨屋の直吉さんのことですか。いや、気の毒なことになりましたね」

秀蔵の問いかけに権八はそんなことをいって、連れの小僧に家に戻っていろといいつけた。どうやら秀蔵たちを家のなかに入れるつもりはないらしい。

「それで、どんなことを……」

権八は秀蔵と菊之助を眺めた。

「直吉に金を貸していたそうだな」

「へえ、貸しておりました。しかし、月はじめにきれいに返してもらっております」

「返してもらった？」

「はい、利子を含めてきれいにお返しいただいております。ありがたい人だと思ったら、しばらくして不幸にあわれたと耳にしまして……ひどい者がいますね」

菊之助は秀蔵の訊問を受ける権八を注意深く見ていた。

しかし、直吉は月はじめに権八に借金を返済している。つまり、殺される前のことだ。すると、権八への疑いは弱くなる。

「直吉は生前、おまえに殺されるかもしれないと漏らしている。借金はいかほどあったのだ」

「十両です。利子を入れて十三両ほどになっておりましたが……」

「十三両を一度に返したのか」

「さようで。お疑いでしたら受け取りがございますから、お見せしてもかまいませんが……」

「見せてもらおう」

秀蔵が応じると、権八は家のなかに案内した。

ただし、戸口を入った三和土までである。上がり口に文机《ふづくえ》があり、権八はそこに座ると、横の小簞笥《こだんす》から帳面を出して、これがそうだと、受取証文を見せた。あとあと揉めないように、貸借人《たいしやくにん》双方の署名と捺印《なついん》がある。市中の金貸しと同じやり方だ。直吉が金を借りたのは二月ほど前になっていた。

秀蔵は受取証文から顔をあげて権八を見た。

「直吉を脅したことは……」

権八は首を振って短い笑いを漏らした。

「それは受け取り方でしょう。こういう商売をやっておりますと、ときには厳しいことを申さなければなりません。とくに返済の遅れている方には……」

権八は途中で言葉を切り、みなまで説明する必要はないだろうという顔をする。

秀蔵は質問を変えて、お袖のことを訊ねたが、権八はまったく知らなかったという。その目つきや表情に嘘は感じられなかった。

「秀蔵、妙だな」

権八の家を出たあとで、菊之助はつぶやくようにいった。

「直吉が返済した金の出所《でどこ》だろう」

秀蔵も同じことを考えていたようだ。

「十三両は履物問屋の手代の給金にしては大金だ」

「博奕で稼ぎでもしたか……。菊の字、直吉の金についてはまだ聞いていなかった。村雨屋に行って直吉が前借りしていたかどうか聞いてくれぬか」

「いいだろう。調べ残していることもあるのでな」

「おれは中島のいう旗本の家に行って来る。菊の字はこのまま次郎と動いてくれ」

三

秀蔵らと別れた菊之助と次郎は、そのまま日本橋にある村雨屋に向かった。為五郎にも会わなければならないが、仕事から帰ってくるにはまだ間がある。その間に調べ残していることを先に片づけようと、菊之助は考えていた。

村雨屋は日本橋を渡り高札場《こうさつば》を横目に見て、右に折れた通りにある。蔵の多い西河岸町《にしがしちょう》だ。履物問屋の村雨屋は立派な構えの店だった。

店を訪ねると早速、数右衛門《かずえもん》という番頭から話を聞くことができた。

「いえ、直吉は前借りなどしておりません。なぜ、そんなことを……」

数右衛門は首をかしげて菊之助を見た。

「直吉は月はじめに、借りていた十三両を高利貸しに返している。たまたま博奕で勝ったのかもしれないが、十三両は大金だ。どこでその金を都合したのだろうかと思ってな」

「その金が直吉殺しに関わるんでございましょうか?」

「それはわからぬが……」

菊之助は出された茶に口をつけた。

「直吉の給金はいかほどでした」

次郎が訊ねた。

「月三両ほどです」

頭のなかで算盤《そろばん》を弾くまでもなく、月三両の給金で十三両を貯《た》め込むには、節約を重ねても店賃《たなちん》や食費、酒代などがあるので一年はかかるだろう。それに直吉は博奕好きだが、あまり勝ったことはないという。

村雨屋で簡単な聞き込みを終えた菊之助は、もう一度孝太郎から話を聞かなければならないと思った。孝太郎は直吉の博奕仲間である。何か覚えがあるかもしれない。

海鼠壁で造られた蔵地をぼんやり眺めていた菊之助は、

「次郎。悪いが、もう一度孝太郎に会ってきてくれないか」

といった。

「博奕の件ですね」

「うむ、何か知ってるかもしれぬ。おれは芳雪先生に会ってくる。終わったら、為五郎の長屋で待っている」

「わかりやした」

次郎が早足で去っていくと、菊之助はそのまま八丁堀に足を向けた。直吉とお袖殺しが頭のなかにあるが、久吉のことも気になっていた。こっちの件が片づいたら、品川に行ってみようと胸の内で思った。

「今朝はひどい風だったね。ごらんよ、うちの庭を」

芳雪は菊之助を迎え入れるなり、落ち葉が舞い散っている荒れた庭を示した。たしかにひどいことになっていた。小さな庭であるが、落ち葉で埋められており、柿の木の枝が折れ、夏蜜柑《なつみかん》の木は飛んできた枯れ葉で覆われていた。花を開いた杜鵑草《ほととぎす》は、なぎ倒されたようになっていた。

「先日お訊ねしたことですが、いかがでしょう」

菊之助は軽い世間話のあとで、本題に入った。

「毒のことだね。ちょいと調べてみたが、あるようだ」

「ある……」

菊之助はわずかに目を瞠った。

「うん、いくつかある。加減によっては薬になるが、誤ると毒になるものだ。例えば、斑猫《はんみよう》や鳥兜《とりかぶと》、曼珠沙華《まんじゆしやげ》なんてものがある。だが、魚正の正兵衛さんのような症状には、おそらくならぬだろう。その前に死んでしまうよ」

「では痙攣《けいれん》を起こすような薬はないと……」

「いや、鈴蘭根《すずらんこん》、つまりは鈴蘭の根を干した生薬《きぐすり》のことだが、それならば、ありえるかもしれぬ。あの薬は多量に飲めば、痙攣を起こして死に至る」

「鈴蘭根……それは手に入りますか？」

「薬種屋に行けばある」

菊之助は天井の隅に目を向けて考えた。

「鈴蘭根を使って手足が動かないようにするには、調合が難しいでしょうね」

「そりゃ難しいに決まっておる。殺すつもりならいちどきに多量に飲ませればいいが、じわじわと別の作用を起こすようにするには、それなりの腕がなければできぬだろう」

「先生にはそれができますか？」

「無理ではないが、難しい。患者の様子を見ながら薬の加減を調えなければならぬ。腕のいい薬種屋でも難しいことだろう」

「そんなものですか……」

「そんなものだ」

菊之助は孝太郎を思い出した。

あの男は元薬種屋の手代であった。薬の調合はできなくても、手に入れることはできるはずだし、薬にも詳しいはずだ。もし、孝太郎がお袖と組んでいたとしたら、正兵衛の体に異変をもたらすことができたかもしれない。

しかし、これはあくまで菊之助の一方的な推測でしかないし、その確証もない。芳雪に礼をいって辞した。そのまま薬のことを考えながら歩き、もしお袖が正兵衛をじわじわと死に追いやる企《くわだ》てを持っていたとすれば、その計画は半ばで頓挫《とんざ》したことになる。

すると、お袖の持ち物のなかに薬が残っていなければならないはずだ。

雲の切れ目から光の条《すじ》を落とす空をあおいだ菊之助は、足を急がせて魚正に向かった。

昼下がりなので、魚正にはのんびりした空気があった。夕市までの暇つぶしに、将棋を指している者もいれば、縁側に腰掛けて茶飲み話をしている者もいた。

番頭の与兵衛に正兵衛への面会を取り次いでもらうと、奥の寝間まで来てくれという返事だった。

与兵衛の案内で寝間に行くと、正兵衛は起こした半身を床柱《とこばしら》に預けていた。

「今日は何でしょう?」

正兵衛は億劫《おっくう》そうな顔をしたが、足をさすってこのところ調子がよくなったという。

「それは何よりです」

「手の痺れが大分《だいぶ》軽くなりましてね。で、下手人のことはまだわかりませんか」

「なかなか難渋しております。ところで、薬は芳雪先生からもらったものを飲んでいるんですね」

「薬……そうですが……」

「倒れる前に薬を飲んだことはありませんか?」

「いたって体は丈夫なほうだったので、薬なんか飲んだことはありませんよ。風邪を引きゃ、酒でも飲んで治していたほうですから」

「お袖さんからもらったことは……」

「お袖から……薬ってことですか。いや、そんなことはありませんよ」

正兵衛は怪訝《けげん》そうな目を菊之助に向けた。菊之助は視線をそらしてから、

「お袖さんの持ち物はそのままでしょうか?」

と、訊ねた。

「今日は妙なことをおっしゃいますな。そのままですが……」

「ちょっと調べさせていただくわけにはまいりませんか。下手人につながるものを残されているかもしれないので、念のためですが……」

「そういうことでしたら、ご随意に。隣がお袖が使っていた部屋です」

正兵衛は部屋の隅に控えている与兵衛に目配せした。立ち会ってやれということだ。

その部屋は六畳一間であったが、鏡台や簞笥、長持《ながもち》などが置かれているので、空いているのは三畳ほどしかなかった。吉原の元花魁だけあって着物は多かった。それに化粧道具の白粉《おしろい》や紅《べに》といったものも、高級なものばかりで品数も豊富だ。

菊之助は鏡台から簞笥、手文庫《てぶんこ》などを漁《あさ》っていったが、目当てのものは見つからなかった。また、薬らしきものも見つからなかった。

菊之助の家捜しが気になったのか、正兵衛が壁を伝いながら顔を見せ、

「何かありましたか？」

と聞く。

「いえ、これといって……」

あらかた調べ終わっていた菊之助は、作業を切り上げた。

四

魚正を出た菊之助は、為五郎の長屋で次郎を待っていた。井戸端に日溜まりがあり、そこで時間をつぶす。自分の推測したことは、まったく見当違いだったのだろうかと思った。

考えてみれば、お袖にとって正兵衛は苦界から自分を救い出してくれた恩人である。そんな人間を謀殺《ぼうさつ》するとは思えない。

現にお袖は、正兵衛が倒れたあとは甲斐甲斐《かいがい》しく面倒を見ていたという。しかし、どうしても引っかかることはある。

井戸端の縁台に腰を下ろしている菊之助は、雪駄《せった》の先で地面をならした。日が射したり翳《かげ》ったりを繰り返している。強かった風はぱたりとやんでいた。

引っかかるのは、やはりお袖と直吉の間柄である。しかし、そのことはいまだに何もわかっていない。

次郎はお袖と直吉がさも親しそうに、手を握りあっていた現場を目撃している。男と女が手を握りあうということは、それなりに深い関係だと考えるのが普通だ。

それとも直吉がお袖を口説いていたのか……。

わからぬ……。

菊之助は太陽を隠した雲を見あげた。

そのとき足音がして、次郎が駆け寄ってきた。

「孝太郎は家にいませんでした。長屋の者が出ていったばかりだというんで、近所を捜したんですが、姿を見ませんで……」

「どこにいるかわからぬか」

「仕事もまだ決まっていないようですから、夜には帰ってくると思いますが……」

「そうか。ならば仕方ないな」

「で、菊さんのほうは？」

聞かれた菊之助は、直吉が前借りをしていなかったこと、芳雪から聞いたこと、それから魚正でお袖の持ち物を調べたことを話した。

「要はおれの推量は外れたようなものだ。こうなると、やはり直吉のことが気になるのだが……。お袖とどんなつながりがあったか、またどこでお袖と知り合ったのか……」

独《ひと》り言《ごと》のようにいった菊之助は、そこではっとなった。

「そうだ。直吉とお袖がどこでどうやって知り合ったのか、それが大事ではないか」

菊之助はさっと次郎を見た。

「でも、孝太郎も他の直吉と仲のよかったやつも、そのことは気づかなかったといってるじゃありませんか」

「そりゃ、気づかれては困る間柄だったからだ。お袖は大店の後添いだ。他人に知られたら、ただではすまぬ。慎重に気を配っていたはずだ」

「ふむ、そうするとやはり、いつどこでそんな仲になったかってことですね」

「そこが肝腎《かんじん》だ」

二人は縁台に腰掛けたまま、そのことに考えをめぐらした。

井戸に長屋のおかみが入れ替わりに水を汲《く》みに来た。厠《かわや》に駆け込んでいく子供の姿もあった。納豆売りと塩物を売る棒手振が路地を流していった。

いつしか日が傾き、長屋が何やら騒がしくなった。出職の職人が帰ってき、夕餉の支度にかかる女房たちが動きはじめたからだ。

西日が長屋の屋根を染め、人の影が長くなったころ、為五郎が帰ってきた。

道具箱を担いで自分の家に入ったのだ。菊之助と次郎は同時に腰をあげて、為五郎の家を訪ねた。

紺股引に腹掛け半纏、それに法被《はっぴ》を引っかけている為五郎は、お世辞《せじ》にもいい男とはいえなかった。

醜男《ぶおとこ》を絵に描いたような男なのだ。小太りの体に猪首《いくび》、前頭部がすっかり禿《は》げていて、目は団栗《どんぐり》のようなぎょろ目で、ひしゃげた鼻が横に広がり、鰓《えら》が張っている。地黒の顔は日に焼けて、炭のような色をしていた。

「なんです？」

町人のなりをしている菊之助と次郎を見た為五郎は、剣呑《けんのん》な目を向けてきたが、次郎が十手をちらつかせると、

「……直吉のことですかい？」

と、ふて腐れたようにいって、鼻をこすった。

「察しがいいな。直吉とはずいぶん仲がよかったと聞いているが」

菊之助は家のなかを探るように見ていった。

「この長屋に住んでましたからね。酒飲んだり釣りをしたり、まあ、そんな仲です」

「賭け事はどうだ？」

「直吉は好きでしたが、おれは博奕はやりませんので……」

「魚正のお袖という後添いも直吉と同じ晩に殺されているんだが、お袖のことを聞いていないか」

「いやあ、そんな女のことは聞いたこともありません」

為五郎は汚れた足を拭きながら答えた。

「一度も……」

為五郎は一度顔をあげて、

「知るわけねえでしょう」

と、視線を外す。恥ずかしがり屋なのか、人と目を合わせるのが苦手のようだ。

「直吉と最後に会ったのはいつだ？」

「旦那、おれを疑っているような聞き方じゃねえですか」

「そのつもりはない。ただ聞いているだけだ。どうだ？」

「会ったのは、先月の晦日《みそか》あたりだったはずです。久しぶりに酒でも飲もうかってことで……」

「どこで飲んだ？」

「この近所の店ですよ。〈三升屋《みます》〉って居酒屋です」

「三升屋だな。そのとき、女の話は出なかっただろうか」

「出ませんでしたね。金がねえって愚痴をこぼしてましたよ」

菊之助は眉宇《びう》をひそめた。直吉は月はじめに金を返している。なのに、先月の晦日には金がなかったというわけだ。

「他にどんなことを話した」

「くだらないことばかりですよ。釣りの話とか店の話とか、そんなことです。そういやあ、別れた女の話も出ましたが……」

「その女はなんという」

「名ですか……」

為五郎は顎鬚《あごひげ》を引き抜いて考える目をした。

「直吉から聞いているなら、名も知っているのではないか」

「……たしか、おこんといったはずです」

為五郎は質問をたたみかける菊之助に、おこんは本石町《ほんごくちょう》にある〈鳩屋《はと》〉という菓子屋の女中らしいと答え、直吉とおこんが別れたのは二月前のことだと話した。

菊之助は最後に、直吉が殺された晩のことを聞いたが、

「おれはここで寝てましたよ。直吉が殺されたって話を聞いたのは、二日ばかりたってからでした。なんで、あんなことになっちまったんですかねえ」

為五郎は首を振りながらつぶやいた。

五

西の空に日の名残《なごり》があるだけで、町には宵闇が迫っていた。橋際にある屋台のうどん屋が商売の支度にかかり、灯を入れていた。その明かりが浜町堀《はまちようぼり》に映えた。

菊之助と次郎は、為五郎が口にした三升屋を出てきたばかりだった。為五郎の言葉どおり、先月末に為五郎と直吉は三升屋で酒を飲んでいた。

「おこんという女にも会って話を聞かねばならぬな。直吉と別れたのは二月前だというから、ひょっとするとお袖が絡んでいるかもしれぬ」

浜町堀沿いの道に出た菊之助は、歩きながら腕組みをした。お袖を身請けした正兵衛が卒中で倒れたのも二月ほど前である。

「直吉はお袖とひそかに通じるようになった。相手は亭主持ちだけど、直吉は元花魁のお袖に惹かれてしまった。だから、おこんと別れたってことですか」

次郎は十手をくるくる回しながらいう。

「そうであれば、おこんは何か知っているかもしれぬ。もっとも、まったく違うことで別れてしまったのかもしれぬが……」

「おこんにはいつ会います？　今日のうちに会っておきますか？」

「孝太郎の話を聞いてから決めよう」

朝からほとんど歩き詰めである。菊之助はさすがに疲れていた。それに、もう日が暮れている。正直、家に帰りゆっくりしたいと思っていた。

村松町にある孝太郎の長屋に着いたが、家のなかは暗いままだった。同じ長屋の者に聞いても、いつ帰ってくるか、どこに行っているかわからないという。

戸締まりはしてなかったので、菊之助と次郎は家のなかに入って待つことにした。孝太郎が帰ってきてから断りを入れても問題はないはずだ。

しかし、小半刻たっても孝太郎の帰ってくる気配はなかった。

「菊さん、腹が減りました。先に何か食ってから戻ってきましょうか……」

「仕方ないな」

出直すことにして、表通りにある縄暖簾をくぐった。こういった店は酒と肴を出すだけでなく飯も食わせる。

二人は簡単に飯をすますと、孝太郎の長屋に戻った。すると木戸口に甚太郎の姿があった。木戸番小屋の提灯の明かりが、のっぺり顔を染めていた。

「どうしたんだ？　秀蔵の調べで何かあったか？」

菊之助は近づきながら声をかけた。

「そうじゃありません。孝太郎は殺しのあった晩には、本所の親戚の家にいたといいましたね」

「そういっていたな」

「その家にいたにはいたんですが、晩には家を抜けていたんです」

「ほんとに……」

驚きの声を漏らしたのは、次郎だった。

「横山の旦那に言いつけられて、ひとっ走りしてみたら、そういうことだ。あの晩、孝太郎は親戚の家にいなかった。戻ってきたのは明くる日の昼だ。その間、やつがどこで何をしていたかはわからねえ」

「あやしいじゃないですか」

「だから、すっ飛んでここに来たんだ」

「それじゃ、孝太郎はおれたちに嘘を言ったってことじゃないですか」

「そういうこった」

次郎と甚太郎のやり取りを黙って聞いていた菊之助は、違うことを考えていた。一度は、薬を使ってお袖が亭主の正兵衛をあんな体にしたのではないかと思ったが、そのことは芳雪の説明や、お袖の部屋を調べたことで打ち消していた。

しかし、孝太郎が嘘をいっていたとなれば、話は違う。孝太郎は薬種屋の元手代である。おそらく薬の調合もできるだろうし、薬に関しても詳しいはずだ。

「それにしても、やはりおかしいな……」

考えをめぐらしていた菊之助は、独り言のようなつぶやきを漏らした。

「何がおかしいんです」

次郎が問いかけるのには答えずに、菊之助は長屋に入って路地を歩いた。

「もし、そうだとすれば、孝太郎とお袖は顔見知りでなければならない。そうでなかったら、お袖が直吉に薬を頼み、代わりに孝太郎の店から仕入れていたのか……」

「菊さん、何を言ってるんです？」

「いやいや、おかしいぞ。お袖は薬の類《たぐい》は持っていなかったし、魚正の正兵衛も卒中で倒れるまでは薬など飲まなかったといった」

「なんだ、またさっきのことですか」

考えつづける菊之助の横から、次郎が口を挟んだ。

「やはり、薬は関係ないのか……」

「それはもう考えないほうがいいんじゃないですか。菊さん、孝太郎が嘘をついていたってことが問題ですよ」

「うむ、そうだな。そうだ」

三人はそのまま孝太郎の帰りを待ったが、いつまでも待ちぼうけを食うだけであった。

六

五つ（午後八時）の鐘が鳴ってようやく、女が帰ってきた。鐘の音が空にひびくなか、ほうぼうの町木戸が閉められてゆく。

女は脇の潜り戸を抜けて長屋の路地に入り、自分の家に入った。暗がりに身をひそめていた男は、あたりの様子を注意深く窺い、頬被《ほっかむ》りした紺地の手拭いをしっかり結び直して足を進めた。

夜になって風が冷たくなったので、どの家も戸を閉めている。赤子のぐずる声がどこかでしている。隣町のほうで犬の吠え声がしていた。

「もし、こんばんは」

男は女の家の戸口で、小さな声をかけた。

「はい、どなた」

と、軽い声が返ってきた。

「ちょいと用が……」

聞き取れるかどうかわからない声をかけると、女が心張《しんば》り棒を外して、戸を恐る恐る引き開けた。とたん、男は女の口を塞ぎ、家のなかに入ると、後ろ手で戸を閉めて、女を押さえつけた。

女は必死にもがいて逃げようとしたが、男は口を塞いだまま片手を使って喉を絞めた。女は足をばたつかせ、両手で男の体をたたいたり、引っ掻いたりしたが、男の膂力《りょりょく》にはどうすることもできなかった。

男は喉を絞める腕に自分の体重をぐっと乗せると、暗い行灯に浮かぶ女の顔が充血し、やがて血管が浮き出た。目が驚愕《きょうがく》に見開かれたが、しばらくして女の体から急激に力が消えていくのがわかった。
それでも男は女の首を強く絞めつづけた。

第六章　煙管《キセル》

一

「もうお出かけですか？」

朝餉を食べ終え、茶を飲んだ菊之助が土間に下りると、お志津が声をかけてきた。

「会いたい男がいるんだ。昨夜は結局会えずじまいだったからな」

お志津がそばに来て、切り火を打ってくれた。

「品川にはいつ行かれます？　昨日蛍亭の前を通りましたけど、やはり久吉さんがいないと大変そうですよ」

お志津はお福の大変さを見たのだろう。小さな店だから夫婦で切り盛りできるのだろうが、それでも久吉がいるといないとでは大違いだ。そのことは菊之助にもよくわかっているし、何とかしたいが、いまは直吉とお袖殺しに頭の大半は占められていた。

「こっちの片がついたら、品川に行くことにする」

お志津は何もいわずに菊之助を見送った。

空はどんより曇っていた。厚い雲が低くたれ込めていて、風が冷たい。

菊之助は着物の襟をかき合わせて、仕事場にある北側筋の路地に入ったところで、ばったり次郎と出くわした。

「いま、迎えに行くところだったんです」

次郎が声をかけてきた。

「感心だ。さ、行くか」

菊之助は次郎を伴って長屋を出た。職人たちが仕事に出る前なので、通りには人の姿はまばらにしかなかった。雲のたれ込めた空から鳶が声を降らしていた。

「戻ってますかね」

「どうかな」

二人は孝太郎の家に向かっているのであった。

栄橋《さかえ》を使って浜町堀を越え、村松町の通りに入った。

「横山の旦那のほうはどうなってんでしょうね」

次郎が暗い空を見あげていう。

「あとで会おう。やつもおれたちの調べが気になっているはずだ」

「そうですね」

孝太郎の長屋は朝の喧噪に包まれていた。子供を叱るおかみがいれば、亭主を急《せ》き立てる女房の声がする。路地には焼き魚の匂いと煙が充満していた。

「孝太郎、いるかい……」

戸口に立って菊之助が声をかけると、家のなかに人の気配があった。

「誰です？」

不機嫌そうな声が返ってきて、すぐに戸が開かれた。

孝太郎は菊之助と次郎の顔を見て、

「何です、こんな早くから。またあのことですか」

と、うんざりした顔でいう。着の身着のままで寝ていたらしく、着物も髷も乱れきっている。

「昨夜はどこへ行っていた？」

「どこへって……ちょいと女のとこですよ」

「女……」

「深川の岡場所です。いったいなんですか……とにかく入ってください」

ふて腐れたようにいう孝太郎だが、菊之助と次郎を家のなかに入れると、乱雑に布団をたたんで、あぐらをかき、煙管に煙草を詰めた。

「何度も悪いが、直吉と賭場によく行っていたってことだが、先月の末にいっしょに行ったことはないか？」

菊之助は煙管を吸いつけた孝太郎をまっすぐ見て聞いた。

「行きましたよ、三日つづけて。おけらになりましたけどね」

「おけらになった……」

「へえ、もうツキがないっていうか、さんざんでした。直吉はもう博奕はやめるといっていました」

「負けて金はなかったというわけだな」

「踏んだり蹴ったりです。直吉は給金の残りがありましたが、わたしはすってんてんです。それで、親戚の家に転がり込んで、ちょいと金を借りたりと……」

孝太郎は煙管を灰吹きに打ちつけて、吸い口をぷっと吹いた。

菊之助はその手許を見ながら考えた。博奕で金をすったばかりの直吉には金がなかったはずだ。それなのに、月はじめに十三両の借金を返済している。いったい金の出所はどこなのだ。そのことを孝太郎にいっても、わからないと首をかしげた。

「それじゃ直吉が殺された晩のことだが、おまえは親戚の家にいたんだな」

「いましたよ」

「嘘をつくな」

菊之助の鋭い言葉に、孝太郎は身構えるように体を固めた。

「おまえはあの晩、親戚の家を抜け出している。帰ってきたのは明くる日だった。調べはついているのだ。どこで何をしていた？」

孝太郎の顔がこわばった。それから視線をきょろきょろさせて、

「ひょっとすると……いや、そうだ。あの晩は北本所の友達のとこに行っていたんです。嘘じゃありません。幼馴染みの米助《よねすけ》という畳職人です」

「なぜそのことを黙っていた？」

「ただ、忘れていただけです。その、思い違いってやつですか……嘘じゃありませんよ。調べてもらえばわかることです」

「ふむ……」

殺しのあった晩のことは、調べればわかることだ。菊之助は米助の住まいを詳しく聞いてから質問を変えた。

「直吉にはおこんという女がいたらしいが、知っているか」

「知ってますよ。ですが、とっくに別れていました。直吉が振ったんですよ」

「そのことで、おこんが直吉を恨んだようなことは……」

ないないと、孝太郎は手を振った。

「そんな女じゃありません。それにもう日が経っていたし、根に持つような女でもありません。気さくであっさりしたいい女ですから」

「そうか。それじゃもうひとつ聞くが、おまえが勤めていた薬種屋にお袖が来たようなことはなかったか？」

「お袖……いいえ、ありませんね」

「直吉はどうだろう。その、おまえに会いに来たというのではなく、薬を買ったということだが……」

「直吉がですか……。いや、そんなことは一度もありませんでした」

二

「孝太郎は何も知らないということか……」

菊之助は長屋を出て表道に立ってから、ため息をつくように声を漏らした。

「しかし、直吉はどこで金を作ったんでしょう？」

「それが一番気になることなのだ」

「菊さん……」

次郎が一方を見ていった。秀蔵が小者たちを連れてやってくるところだった。

「何だ、早いではないか」

秀蔵が近づきながら声をかけてきた。

「孝太郎のことか？」

「ああ、甚太郎から昨夜聞いてな」

「それなら、いま聞いたばかりだ」

菊之助はたったいま孝太郎とやり取りしたことを話した。

「すると、直吉がどこで金を工面したかが、わからないわけか。妙に難しい判《はん》じ物《もの》になりやがった」

秀蔵は首筋をかいて、舌打ちをした。それから裏を取らなければならないといって、

「甚太郎、孝太郎のいう米助という畳職人をあたってこい」

と、指図をした。

「北割下水《きたわりげすい》のすぐそばらしい。行けばわかるだろう」

菊之助は言葉を添えて、野田忠三郎のことを訊ねた。

「昨日は会えなかったが、忠三郎は太田《おおた》家の婿になっていることがわかった。嫁の親の跡を継いで、いまは小姓組《こしょうぐみ》に勤めている」

「話は聞けるのか？」

「昨夜は宿直《とのい》番でお城泊まりだ。今朝が下番《かばん》だからこれから話を聞きにゆくが、おまえはどうする？」

「直吉が付き合っていたおこんという女に会う。こうなったら、どんな細い糸でも手繰《たぐ》らなければならぬ」

「まったくおめえってやつには感心するよ」

「なんだ、そのあきれたような面《つら》は」

菊之助が目をきつくすると、秀蔵は肩をすくめて応じた。

「頼りになるといっているのだ。よし、それじゃ話が聞けたら、江戸橋広小路の茶店で待っていてくれ」

「また、あの大福か……」

「なんだ、他にいいところがあるか」

「いや、よい。わかった」

菊之助はそう応じてから言葉を足した。

「そうだ。孝太郎に女がいるようなことをいっていたな。それはどうなったのだ？　たしか三浦屋の料理屋の仲居だといっていたが……」

「あの女か、この件には何にも関わっちゃいないし、孝太郎とはすでに縁が切れていた」

「無駄骨折りだったってわけか」

「まああることよ」

秀蔵は小さく嘆息《たんそく》した。

そのまま二手に分かれて、菊之助と次郎は本石町二丁目の鳩屋に向かった。

雲はすっぽり江戸の町に蓋《ふた》をしているが、雨の降る気配はない。ときおり、雲の割れ目から条状《すじじょう》の光が射していた。

鳩屋は暖簾を出したばかりで、店先に菓子を並べているところだった。番頭におこんのことを訊ねると、

「それが、今日はまだ来てないいんですよ。これから呼びに行こうと思っていたところなんです。独り暮らしですから、風邪《かぜ》でも引いて寝込んでるのかもしれません」

と、番頭は人のよさそうな顔を曇らせた。

「それじゃ、いっしょについていこう。なに、ちょいとたしかめたいことがあるだけだ」

菊之助が応じると、番頭は店の者に、

「すぐに戻る」

といって、菊之助と次郎の案内に立った。

「直吉のことは聞いていないだろうか……」

菊之助は歩きながら番頭に話しかけた。

「別れたんですよね。てっきりいっしょになると思っていたんですが、男と女の仲はわからないものです」

番頭はそういって、おこんがときどき直吉の博奕癖を嘆いていたといった。

「直吉が殺されたことは聞いていないのか……」

菊之助がいうと、番頭はギョッと目を瞠った。

「本当でございますか。いったいいつのことで……」

菊之助はざっと話してやった。

「それはまたお気の毒なことに……。おこんも知ったらさぞ悲しむことでしょう」

そんなことを話しているうちに、おこんの長屋に着いた。番頭が声をかけても返事がない。試しに戸を開けると、番頭はそのまま顔を凍りつかせて声をふるわせた。

「た、た、大変だ……」

菊之助も家のなかをのぞき見て表情をなくした。

着物の裾を乱したしどけない恰好で、おこんが息絶えていたのだ。

「番頭、番屋に知らせてくれ。おれはここで待っている」

菊之助が指図すると、番頭はいまにも転びそうになって駆けていった。菊之助は死体の様子と、家のなかの様子を見た。おこんは首を絞められて殺されていた。

喉に指跡がくっきり残っているのだ。

おこんは両股を広げ、上半身を横にねじるようにしていた。菊之助が乱れた着物を整えてやり、体を仰向《あおむ》けにさせたとき、次郎があるものに気づいた。

「菊さん……煙管《キセル》です」

それはおこんの腰の下にあった、いかにも安物の煙管だった。吸い口に歯形がついており、雁首《がんくび》は黒く汚れきっていた。


本石町三丁目の自身番の知らせを受けてやって来たのは、秀蔵の後輩にあたる日向金四郎《ひなたきんしろう》という定町廻《じょうまちまわ》り同心だった。

「これは荒金さん。次郎も……」

自身番に入ってくるなり、金四郎は目を丸くして驚いた。

「秀蔵の調べている件でおこんを訪ねていって見つけたという次第だ。大まかなことは親方に伝えてあるが、もう一度話したがよいか」

親方とは書役《かきやく》のことだ。

「お願いします」

菊之助はおこんを発見した経緯を説明し、死んでいたときの様子を詳しく話した。

「絞め殺されていたのですね」

「死体を見れば一目瞭然《いちもくりようぜん》だ。ただ、下手人は片手で首を絞めている。おそらくもう一方の手で口を塞いでいたんだろう」

「おこんのそばに、こんなものが……」

次郎が煙管を差し出した。

「ずいぶん安物だな。それに使い古してある」

金四郎は煙管を眺めながらつぶやいた。

「おこんは煙草は吸わなかったそうだ。そうなると下手人が落としたと考えていいだろう」

菊之助の言葉に金四郎は目を光らせて、死体を見に行くといって自身番を出た。菊之助と次郎も、もう一度おこんの家に行った。

あらためて家のなかを調べ、下手人の手掛かりになるものを探したが、唯一の手掛かりは安物の煙管だけだった。

三

「なぜ、おこんは殺されなきゃならなかったのだ」

江戸橋広小路の茶店だった。菊之助の話を聞いた秀蔵は、そういって曇った空をにらむように見た。

「鳩屋の話では、おこんは殺されるような女ではなかったという」

菊之助は秀蔵の端整な顔を見ながらいった。

「……今回の件で口封じをされたということであるなら、おこんは下手人のことを知っていた。あるいは、下手人が知られてはならないことを知っていたということか」

秀蔵は独り言のようにいって、大福を食い、茶を飲んだ。

「それで野田忠三郎……いまは太田忠三郎か、そっちのほうはどうなった？」

「話は聞けた。太田はお袖のことを当然知っていた。それから直吉との関係もわかった。それを聞き出すにはずいぶん難渋したが、太田はお袖の無念を晴らしてほしいと言って、ようやく心を開いてくれた」

「前置きはいい」

菊之助はせっついた。

「太田はお袖と文のやり取りをしていたそうだ。だが、表だってはできない。お袖は後添いになった女だ。そこで、太田は実家である野田家に出入りする履物問屋の直吉に運び人になってもらったのだ」

「なに……」

「まあ、聞け。じつはお袖が殺されたあの晩、太田忠三郎は近くにいたのだ」

「ほんとか」

「小網町三丁目にある桜屋《さくら》という出合茶屋で、お袖が来るのを待っていたらしい。結局待ちぼうけを食わされた恰好で屋敷に戻ったということだ」

「その話を真《ま》に受けてよいのか……」

菊之助は静かに秀蔵を眺めた。

「相手は旗本だ。無闇に調べはできぬ。だが、太田忠三郎の言葉に嘘は感じられない。だからといって、このままにしているつもりはない。太田のいったことの裏付けをこれから取る。もし、そこに食い違いがあれば、太田を押さえなければならぬ」

秀蔵は遠くに視線を飛ばしたままだった。

「旦那……」

走り寄ってきたのは、甚太郎だった。ハアハアと肩を動かして、言葉を継いだ。

「孝太郎のいったことに間違いはないようです。米助だけでなく、隣の長屋の者も件の晩に酒盛りをやっていたことを覚えていました」

「それじゃ、孝太郎の仕業だとするには無理があるな」

「しかし、これで何となく直吉のことがわかった」

菊之助は湯呑みのなかの茶柱を見てつづけた。

「ひとつは金貸しの権八に返した金の出所だ。それは太田忠三郎ではないか」

「いや、それは違うだろう。太田は文を預けたり受け取るときに心付けを渡してはいるが、せいぜい一朱《しゅ》か二朱だ。それに、直吉から強請《ゆす》られたこともないというう」

「……それじゃ、お袖だったのかもしれぬ。直吉はお袖と太田忠三郎の仲を当然知っていた。それをたねに、お袖を強請り、十三両を手にした。お袖は魚河岸でも有数の魚問屋の女房だ。十両や二十両の金はどうにでもなったはずだ」

「それは考えられることだな」

「それから、次郎が常盤稲荷のそばで見たことだが、あれは直吉とお袖が手紙の受け渡しをしていたと考えてよいかもしれぬ。次郎は手を取り合ってずいぶん仲よさそうに見えたといった。しかし、それは手を取り合ったのではなく、単に文の受け渡しだったのかもしれぬ」

「それじゃ文が魚正に……」

「いや、お袖の持ち物に文や書きつけは一切なかった。おそらく太田からもらった文はひそかに処分していたのだろう。万が一、亭主の正兵衛に見つかってしまえば大事《おおごと》だ。吉原で花魁を務めた女だ。それぐらいの機転は利かせただろうし、手抜かりもなかったはずだ」

「だが、その先のことはわからない。そういうことだな」

「いかにもそうだ」

「菊之助、おれは太田忠三郎のいった裏を取る。おまえはおこんのことを調べてくれ。今度の件とおこんの死はどこかでつながっているはずだ。おこんの件は金四郎が受け持っているようだが、おれのほうからもやつに話をしておく」

秀蔵はそういうと、すっくと立ちあがって、甚太郎と寛二郎、そして五郎七を連れて江戸橋を渡っていった。

菊之助はその一行を黙って見送り、ぬるくなった茶に口をつけた。

「菊さん、太田忠三郎があやしいと思いませんか」

次郎がいう。菊之助はその顔を黙って見た。

「ひょっとすると、直吉は文を届けたり渡したりしているうちに、お袖といい仲になった。それを知った太田忠三郎が、嫉妬《しっと》に駆られて二人を殺《あや》めた」

「……まったく違うとはいえないが、とにかく調べをつづけるしかない」

「それで、これからどうします」

「もう一度、孝太郎に会う。孝太郎は昨夜家に戻らなかった。おこんが殺されたのも昨夜のことだ」

「まさか、あの男が……昨夜は深川の岡場所にいたといったじゃないですか」

「それをもう一度聞くのだ。どうせまだ寝ているだろう。行くぞ」

案の定、孝太郎は寝ていた。

再度の訪問を受け、せっかくの眠りを邪魔された孝太郎は、不満を露《あらわ》にしたが、おこんが殺されたと聞かされると、いっぺんに目の覚めた顔になった。

「おこんまでが……なぜ、そんなことに？」

菊之助は孝太郎を凝視したが、白《しら》を切っている顔ではなかった。それに普通の人間だったら、人を殺しておいて、のんきに家で寝ていることなどできないだろう。そんなことができるのは相当の悪人に違いない。

「おまえは昨夜、深川の岡場所にいたといったな。どこのなんという店だ?」

孝太郎はチッと舌打ちしてかぶりを振った。

「今度はおこん殺しの疑いですか。いい加減にしてくださいよ。おれは殺しなんかやっていませんよ。いたのは仲町《なかちよう》の〈菖蒲屋《しようぶ》〉という店で、相手はお景《けい》という女郎です。好きなだけ調べてください」

「そう腹を立てるな。おれも好きでこんなことを聞きまわっているのではないのだ」

「わかっちゃいますけど……」

「とにかく友だった直吉が殺されているのだ。気づいたことがあれば、届け出てくれ」

菊之助はそのまま孝太郎の長屋を出た。

「次郎、おまえは深川に走ってくれ。おれはもう一度、おこんのことを調べてみる」

「どこで落ち合います?」

「秀蔵お気に入りの茶店でいいだろう」

「あの大福の店ですね」

次郎と別れた菊之助はそのまま本石町三丁目の自身番に行ったが、身寄りのないおこんの死体は、鳩屋の奥座敷に移されていた。店を訪ねると、日向金四郎と出くわした。

「まだ、いたのか」

「おこんの家を調べたり、この店の者の話を聞かなければなりませぬから」

金四郎はいかにも実直そうな顔を菊之助に向けた。

「それで調べは……」

「店の者の話はおおむね聞きましたが、下手人に心当たりのある者はいません。それから横山さんから言付けを預かっています。小網町の殺しとおこん殺しはつながっているはずだから、荒金さんの助を受けろと……」

菊之助は手回しの早い秀蔵に、内心で舌を巻いた。

「助といっても役に立つかどうかわからぬ。それで、何か気になるようなことは……」

「それがさっぱり。おこんに直吉以外の男がいた節《ふし》はありませんし、恨みを買うような女でもありません。唯一の手掛かりといえば、これだけです」

金四郎はおこんの家に落ちていた安物の煙管を掲げた。菊之助はそれを手にして、もう一度あらためて見た。吸い口も雁首も鉄。錆《さ》びついてもいる。見るからに安物である。

「おこんの首には下手人の指跡がついていたな。まだ消えていないか？」

煙管を返して金四郎に訊ねた。

「死人の傷は消えることはありません。そのままです」

菊之助は顋をさすって、空をあおいだ。青い空が、たれ込めた雲の隙間に見えた。

「もっと手掛かりがあればよいのですが……」

「こうなると、もう一度あたらなければならぬ男がいる」

菊之助はそういってから、大工の為五郎のことを話した。

「おこんを知っていたというだけでは、どうでしょうか……」

「そうではあるが、件の夜に為五郎は家にいたというだけで、誰もそれを証してくれる者はいない。それに、昨夜のことも念のために聞くべきだろう」

「たしかに遺漏《いろう》があってはなりませんからね」

「とりあえず、わたしがあたってみよう」

四

小半刻後、菊之助は為五郎の家の戸を引き開けた。家の主である為五郎は仕事に出ていて留守だが、かまわず家のなかをのぞき見た。

昨日来たときと同じで、別段変わった様子はない。掃除の行き届いていない家で、台所も乱雑だ。行李の蓋が半分開き、汚れた下帯がはみ出ている。壁には継《つ》ぎ接《は》ぎだらけの古着が掛けられていた。部屋の隅には汚れた腹掛けが丸めて放ってある。

菊之助は煙草盆に目を留めた。灰吹きには煙草の灰が溜まったままになっている。刻み入れがあるが、お世辞にもきれいだとはいえない。

直吉とお袖が殺された晩、為五郎はこの家にいたといった。

為五郎の言葉を信じていいのか……。

菊之助の頭にひとつの疑問が浮かんだ。為五郎と直吉は仲がよかった。おこんのことも知っていた。では、お袖のことは……。

本人は知らないといったが、もし知っていたら……。そうだったとしても為五郎に、二人を殺さなければならない理由があるだろうか……。

菊之助は長屋の路地を眺めた。天気がすぐれないせいか、ずいぶん静かだ。

木戸番小屋に行って為五郎のことを訊ねてみた。

「普請場は……亀井町《かめいちょう》の仏具屋ですよ。甚兵衛《じんべえ》橋のそばらしいですが、なんでも床と壁の張り替えだからすぐに終わるようなことをいっておりました」

番人は草鞋《わらじ》を編む内職作業をつづけながら答えた。

「棟梁はなんという人だね？」

「嘉兵衛《かへえ》という人です。気持ちのいい棟梁ですよ」

「為五郎を訪ねてきた女はいなかっただろうか？」

番人は作業の手を止め、意外そうな顔をして、苦笑いをした。

「旦那、あのご面相で女がつくと思いますか。からきし女には縁のない男ですよ。ほんとかどうか知りませんが、岡場所でも断られたって話です。訪ねてくる女がいたら、天と地があべこべになっちまいますよ。おっと、こんなことあっしがいったなんていわないでくださいましよ」

「心配には及ばぬ。ところで、為五郎の長屋はこの木戸番からも離れているから、夜の出入りがあってもわからぬな。裏に抜け道もあるようだし」

「泥棒も避けて通るって長屋です。火が出たら困るんで、夜の見廻りはしますが、出入りは自由ですよ」

すると、為五郎は犯行に及ぶことができたということだ。ちなみに昨夜、為五郎の姿を見かけなかったかと聞いたが、わからないという。

「五つ（午後八時）以降のことなのだが……」

おこんが店を出て、家に帰ったのがそのぐらいの時刻である。これは鳩屋の奉公人の証言でわかっていた。つまり、おこんは五つ以降に殺されたわけだ。

番人はしばらく考えていたが、わからないといって、草鞋編みの作業に戻った。

同じ質問を、数人の長屋の住人にしたが、みんな夜のことはわからないし、為五郎の行動にも関心がないようなことを口にした。

長屋を出ると、為五郎の仕事場である亀井町に足を運んだ。

普請をやっている仏具屋はすぐに見つかった。大小の仏壇を扱う店なので、かなりの店構えである。

作業をしている大工は四人しかいなかった。それで間に合う仕事のようだ。店の者に断って作業場に行くと、鋸《のこ》で板材を切っていた為五郎が顔をあげた。菊之

助に気づいて作業の手を止めたが、

「まだ、何かあるんですか」

と、無表情の顔で聞いてきた。

「邪魔だろうが、いくつか聞きたいことがあるんだ。昨夜だが、わたしが訪ねたあと出かけたりしなかったか」

「いいえ、ずっと家にいましたよ」

為五郎は切り終わった板を片づけていう。

「たしかに……」

「ええ」

「煙草は喫《の》むか？」

「こいつの歯を見りゃわかるでしょう」

同僚の大工が茶化すようにいった。為五郎はその大工を強くにらんだ。たしかに為五郎の歯は脂《やに》だらけだ。

「煙管を見せてくれないか」

「今日は忘れたんで持ってませんよ」

為五郎は脇の下をぼりぼりかきながら視線を泳がせた。

「忘れたって、どこに？　家にか……」

「へえ、そうです」

　菊之助は目を光らせた。こいつは嘘を言っている。為五郎の家に煙草盆はあったが、煙管は見あたらなかった。

「持ってる煙管はどんなものだ」

「どんなって、別に変わったもんじゃありませんよ」

「言ってみろ」

　答えたのは、仲間の大工だった。

「吸い口と雁首は汚《きたね》え銅で、なかの柄は罅《ひび》の入った襤褸《ぼろ》竹《たけ》ですよ。なあ、そうだよな」

　言った大工は、小馬鹿にしたように短く笑った。

　菊之助はおこんの家にあった煙管を思い浮かべた。さっきも見ているので、はっきり覚えている。それは雁首も吸い口も鉄で、竹の柄にも罅など入っていなかった。

「煙管を家に忘れたといったが、どこに置いている？」

　菊之助は為五郎の目を見て聞くが、為五郎はその視線を外して、さあ、どこだったかなと首をかしげる。

「広い家ではないだろう」

「どっかにあると思うんですが、どこに置いたか覚えていないんです。帰りゃわかると思うんですが……」

その言葉が真実なら、為五郎は下手人ではない。そう考えるしかなかった。

「仕事の邪魔をして悪かった」

表に出た菊之助は、晴れるのか雨を降らすのかはっきりしない空を見あげて、ため息を漏らした。そのまま通りをそぞろ歩くようにして、次郎と待ち合わせの茶店に行った。

縁台に腰掛けて茶を飲んでいると、次郎がやってきた。

「孝太郎がいったことに嘘はないようです。お景という女郎は、朝まで孝太郎といっしょにいたといいますし、他の女もそのことに嘘はないといいました」

「……孝太郎の仕業ではないということだな」

「菊さんのほうはどうでした？」

「おこんの家にあった煙管が引っかかったのだが、見当違いのようだ」

菊之助はそういってから、為五郎に抱いた疑惑を話した。

「しかし、為五郎の持っている煙管は、おこんの家にあった煙管ではない」

「だけど、為五郎は煙管を持っていなかったんでしょ」

「家に忘れたといった。掃除もろくにしていない散らかった家だから、おれも見落としたのだろう」

「それじゃ、おこんの家にあった煙管は直吉のものだったんですかねえ」

「別れた男の煙管を後生《ごしょう》大事に持っているというのは、どうだろうか……あれは下手人が落としたものだと思うのだがな」

「菊さん、直吉のものだったかどうかだけでも調べてみましょうよ。村雨屋の奉公人だったら、直吉の煙管を知っているかもしれませんよ」

次郎が目を光らせていう。

「……そうだな、一応あたってみるか」

気乗りしない顔で応じた菊之助は腰をあげて、村雨屋に向かった。

ところが、直吉と同じ手代の栄吉《えいきち》に煙管のことを訊ねると、

「直吉は父親の形見だという煙管を大事にしていましたよ。値打ち物でも何でもない、吸い口も雁首も鉄です」

といったのだった。

「吸い口と雁首は鉄なのだな」

勢い込んでいった菊之助に、栄吉はびっくりしたような目をした。

五

「煙管を見れば、それとわかるか?」

「そりゃもちろん、わかりますよ。飽きるほど見ていますから」

表情を引き締めた菊之助は、さっと次郎を振り返った。

「次郎、鳩屋の近くに日向金四郎がいるはずだ。やつが持っている煙管を預かってきてくれ。おれはその辺で待っている」

菊之助は次郎にいいつけると、村雨屋の商売の邪魔になってはいけないので、近くの茶店で次郎の帰りを待つことにした。

それからしばらくして、小者の寛二郎を連れた秀蔵がやってきた。菊之助を認めると、こんなところで何をしているのだと声をかけてきた。

「殺されたおこんの家にあった煙管が気になるのだ」

「煙管……」

秀蔵は菊之助の隣に腰掛けた。

「直吉のものであったなら、おかしなことだ。おこんは直吉に振られている。自分を振った男の持ち物を、後生大事に持っているのはおかしいと思わないか。それに、あの煙管はおこんの下敷きになっていた。おこんは煙草は喫まない。下手人が落としたものと考えるのが当然だろう」

「ふむ、たしかにそうであろうが……それで直吉のものだとわかったとしても、それから下手人の見当をつけるのは難しいのではないか」

「いや、ひょっとすると……」

「誰だ？」

秀蔵は涼しげな目を厳しくして菊之助を見た。

「まだわからぬが、大工の為五郎かもしれぬ」

「為五郎……だが、やつとお袖の間柄は……」

「それは……」

菊之助は言葉に詰まった。頭のなかにまとまりかけていることはあるが、それは朧気《おぼろげ》なものでしかなかった。

「とにかく煙管の件をたしかめるのは肝要《かんよう》だ。それで、おまえのほうはどうなのだ」

菊之助は問いを返した。

「あの夜、太田忠三郎は小網町の桜屋でお袖と密会の予定だった。だが、いつまでたってもお袖がやってこないので、そのまま帰っている。桜屋へは中間《ちゆうげん》を伴って駕籠で行っている。その駕籠かきと中間は、桜屋を見ることのできる近くで待ち、太田忠三郎が桜屋に入って出てくるまでの一部始終を見ている。他に立ち寄った場所もない。屋敷を出て、桜屋を往復しただけだ。直吉にもお袖にも会っていない」

「では、太田忠三郎ではないということか……」

「下手人は他にいる、そう考えるしかない。お袖が後添いになって初めての密会になるはずだったらしいが、思いは遂《と》げられなかったというわけだ」

菊之助は雲間から日射しをこぼす空を見た。

「お袖が吹雪という名の花魁のままであったならば、お袖も太田忠三郎も倫《みち》ならぬ思いを募らせることはなかったということか……。そうであったならば、直吉も二人に関わることなく、生きていたというわけだ」

「そこでひとつ考えられるのが、お袖と直吉を煙《けむ》たがっていた者がいるということだ。そやつは文のやり取りを知っていたであろう。だが、そのことを疎《うと》ましく思っていた。やめさせるには、お袖に忠告を与えればよかっただろうし、忠告したかもしれない。それでもお袖は聞き入れなかった」

「それは……」

菊之助にも誰だか見当はついたが、あえて聞いた。

「うむ。忠三郎が養子に入った太田家の人間、もしくは忠三郎の妻・幸江《ゆきえ》殿だ。それを調べなければならぬ。太田家と村雨屋の関係も気になるので、それを聞きに行くところだったのだ」

「なるほど。しかし、太田家の人間が下手人だったとしても、直吉まで殺めることはないだろう……」

「そのあたりのことは、おれにもまだよくわからぬが、とにかくいくつかのことを村雨屋に聞かねばならぬ」

秀蔵はそういうと、寛二郎を連れて村雨屋に向かった。その秀蔵が戻ってくるのに時間はかからなかった。

「村雨屋と太田家の付き合いは、忠三郎が婿入りしたあとからだ。直吉も太田家の御用商人として何度も足を運んでいる。つまり、太田家の人間は直吉のことをよく知っていたというわけだ。もう一度太田家に行って来る。何かあったら、そっちに使いを出してくれ。今日はかかりきりになるだろうからな。屋敷は、神田橋御門外の錦《にしき》小路だ」

秀蔵はそれだけをいうと、颯爽《さっそう》とした足取りで去っていった。

それと入れ替わるように、次郎が息を切らして駆け戻ってきた。

「日向の旦那は、大事な証だからあとで返してくれといっておりやした」

次郎は預かってきた煙管を菊之助に渡した。

受け取った菊之助は、あらためてその煙管を眺めたが、やはり安っぽい代物《しろもの》である。とにかく村雨屋の手代・栄吉に確認してもらうことにした。

「へえ、これに間違いありません」

栄吉は断言するようにいった。

「しかし、これをどこで？」

「殺されたおこんの家だ」

「えっ、あの女の家に……」

栄吉は驚いたように目を瞠り、再度煙管を見て、

「これは直吉のものに間違いありませんが、ひどい使い方だ。直吉は手入れを怠

ることがなかったので、脂がこんなにたまっていることはありませんでした」

この言葉に菊之助はある確信を得た。

村雨屋をあとにすると、菊之助は次郎にいった。

「汐留橋そばの川浚いをする」

「川浚い……」

次郎が要領を得ない顔をした。

「下手人は為五郎かもしれぬ」

「為五郎……だってやつは……」

「いや、やつの疑いは晴れていない。おこん殺しも先の二件の殺しが起きた晩も、為五郎は家にいたといってるだけだ。それを証明する者は誰もいない。為五郎は普段から直吉に意趣《いしゅ》を持っていたのかもしれぬ」

「でも、直吉とは仲がよかったのでは……」

「それは表向きだ。為五郎はああいう男だ。直吉は自分の自慢をしたり、得意げなことを話す男だった。そう聞いている。為五郎はそんなことが、鼻持ちならなかったのかもしれぬ。それに直吉は男前のほうだ。女にもてる。為五郎とは大違いだ」

「そんなことをやっかんで殺したというんですか？」

「人の心とはわからぬものだ」

「しかし、お袖を殺すほどの恨みなど持っていなかったのでは……」

「それはわからぬ。もし、汐留橋そばの川から為五郎の煙管が出てくれば、少なくとも直吉殺しは為五郎だ。やつはあの夜、直吉を殺したが、そのとき煙管を奪った。なぜなら自分の煙管は壊れかけていたからだ。竹の柄に罅が入っていたらしいので、当然煙管は吸いづらい。殺したついでに直吉の煙管を奪い、自分の煙管は堀川に捨てた。だが、おこんを殺すときに、その煙管を落としてしまった。そうとは気づかずに為五郎は何食わぬ顔で家に戻った」

「……そういわれると何となくそんな気もしますが、おこんを殺すことはなかったんじゃないですか」

「おこんは為五郎の裏の顔を知っていたのかもしれぬ。あるいは直吉に振られたあと、為五郎はおこんにいい寄り、直吉のことをけなしていたのかもしれぬ。ひょっとすると、お袖と直吉ができていると、ありもしないことを口にしたのかも……もっとも、勝手な推量だが、煙管を探す価値はあるはずだ」

六

稲荷堀はそう深くはない。しかし、潮水の混じる汽水域《きすいいき》で、水は濁っている。目を凝らせば何とか底を見ることができるが、そう簡単に煙管は見つかりそうになかった。

菊之助は近くの船宿で借りた猪牙舟を、直吉が発見された橋の近くに舫《もや》わせ、一心に川底を探っていた。次郎も身を乗り出して目を凝らし、船頭も川底をのぞき見ていた。

そのうち、次郎が近くの家から熊手を借りてきて、これで川底をあさろうという。いい考えなので、熊手を使って慎重に川底を掃くように浚っていった。

相変わらずの曇り空だが、ときおり雲間から射す日の光が川面に照り返った。

「菊さん、水んなかに入っちまいましょう」

そういった次郎が、下帯一枚になって堀川に、どぼんと入った。深さは腰のあたりまでしかない。水に入った次郎は熊手を使って、探す範囲を広げた。菊之助と船頭は舟の上から川を浚ってゆく。

壊れた鍋や釜が出てきたが、煙管は見つかりそうになかった。小半刻もそんなことをやっていると、菊之助は単なる自分の思い込みだったのかもしれないと自信をなくした。

水のなかに入った次郎はずぶ濡れになっていた。秋も深まっており、水のなかに長くいれば体が冷える。現に次郎は体に鳥肌を立てていた。

「次郎、もういいだろう。おれの思い過ごしだったのかもしれぬ。あがってこい。風邪でも引いたら大変だ」

菊之助はそういうが、次郎はむきになっているのか、もう少しだといってあちこちを熊手で掻いていった。しかし、煙管はいっこうに見つからなかった。粘っていた次郎もさすがに水の冷たさに我慢できなくなったらしく、舟にあがりこんできた。そのまま濁った水をしばらく眺めていた。濁りが徐々に薄れ、また日が射してきた。

「旦那、あれじゃないですか……」

いったのは船頭だった。指さすほうに目を凝らすと、棒にも煙管にも見えるものがある。次郎が熊手を使って、それを器用にすくいあげた。煙管だった。

「菊さん、これじゃないですか」

菊之助は次郎には応じず、川底から拾いあげた煙管をためつすがめつ見た。為五郎の煙管は雁首と吸い口が銅である。その煙管も銅だった。さらに、なかの柄に罅が入っていた。

「次郎、これで為五郎を追いつめることができる」

秋の夕暮れは釣瓶《つるべ》落としというが、その日はすぐれない天気のせいもあり、夕七つ（午後四時）にはもううす暗くなっていた。

菊之助と次郎は為五郎の長屋の出入口を見張れる茶店で、為五郎の帰りを待っていた。町屋の通りには、道具箱を担いで家路を急ぐ職人の姿を見かけるようになっていた。城詰めの侍の姿もあるし、使いに走る商家の小僧もいる。

魚屋の棒手振と、大きな行李を背負った二人連れの行商人が茶店の前を通りすぎたとき、道具箱を担いだ為五郎の姿が現れた。菊之助と次郎は、為五郎が長屋に入っていくのを見届けてから、茶店の縁台から腰をあげた。

二人が路地に入ると、為五郎が家のなかに消えるのが見えた。そのまままっすぐ歩を進めて、為五郎の家の戸口に立った。柄杓《ひしゃく》で水を飲んでいた為五郎が二人に気づき、手の甲で口をぬぐった。

「まだ、何かあるんですか」

「大ありだから来たのだ」

菊之助は敷居をまたいで三和土に立った。

「直吉を殺したのは、おまえだな」

ずばりというと、為五郎の目つきが変わった。菊之助は稲荷堀で拾いあげた煙管を出して見せた。ギョッと為五郎のぎょろ目が開かれ、顔色が変わった。

「この煙管はおまえのものだな」

「……」

「おまえの仲間の大工がいった煙管と同じだ。それが、どうしたことか直吉が殺された堀川に落ちていた。おまえは直吉を殺した折に、壊れかけている自分の煙管を捨て、直吉の煙管を奪った。もし、そんなことをしなければ、おまえはのうのうと暮らしていくことができたかもしれない。観念するんだ」

静かにいった菊之助が一歩足を進めるのと同時だった。為五郎が猛然と体当りをしてきたのだ。ふいを衝《つ》かれた菊之助は居間に倒れた。為五郎は道具箱に手を伸ばして短刀をつかむと、それをビュッと振って次郎を威嚇《いかく》してから、路地に飛び出して逃げた。

「次郎、追うんだ」

菊之助はとっさに半身を起こして声を張った。

ばたばたと三人の足音が長屋の路地にひびいた。為五郎は木戸口に立った長屋の女房を突き飛ばして表道へ逃げた。悲鳴のあとで、女房は罵りの声をあげた。

次郎は通行人を縫うように為五郎を追いかける。菊之助もそのあとを必死に駆けた。

為五郎は竈《へっつい》河岸のほうへ逃げ、銀座《ぎんざ》の角を右に折れた。その先は蛎殻町だ。追ってくる次郎と菊之助を振り返った。

次郎は足が速い。十手を片手にかざし、何度も「待ちやがれ」と声を張った。

為五郎は水野《みずの》壱《い》岐守《きのかみ》屋敷門を通りすぎたが、その屋敷が切れるあたりで、逃げ切れないと思ったらしく、短刀を構えて振り返った。

「観念しやがれッ！」

次郎が十手をふりかざして躍りかかった。しかし、為五郎はうまくかわして、次郎の腕を切りつけにいった。次郎も俊敏に動いてそれをかわし、逆に腕をたたきにいった。

またもや、それをかわした為五郎は、無腰で近づいた菊之助を切りつけにきた。

その動きを見た菊之助は、体を捻ってかわすと後ろ襟をつかんで引き倒そうとしたが、つかんだ襟が破れて、為五郎は泳ぐように前につんのめった。さっと足を踏ん張って振り返ると、迫ってきた次郎の顔を斜めに切りにいった。

その刹那、次郎は体を低めると同時に、地を転げるように動きながら為五郎の弁慶の泣き所に十手をたたきつけた。

「あうッ……」

為五郎がたまらず蹲《うずくま》ったところで、菊之助が短刀を持った右手をひねりあげ、大地に押さえつけた。

「為五郎、ここまでだ」

菊之助は荒い息をしながら、為五郎を見下ろした。

「次郎、縄を打て。お手柄であったぞ」

菊之助にいわれた次郎が、素早く早縄《はやなわ》を使って、為五郎を後ろ手に縛りあげた。

第七章　青物市

一

元大坂町の自身番に為五郎を放り込んだ菊之助と次郎は、秀蔵の到着を待つ間、為五郎の嫌疑を問い質《ただ》していった。だが、為五郎はむっつり黙り込んだまま、一切口を開かなかった。

「為五郎、いずれおまえはこの煙管のことを釈明しなければならぬのだ。そうやって黙っていてもためにはならぬ。人の命を奪っておきながら知らぬ存ぜぬは、いつまでも通しきれるものではない。天の目は誤魔化せぬのだ」

菊之助は自白を迫るが、為五郎は頑《かたく》なであり、ときに反抗的な目を向けることもあった。

「おまえがその気なら、それはそれでいいだろう。町方の取り調べは生やさしくはないのだ。おまえに少しでも良心というものがあるならば、素直にしゃべったらどうだ」

「……………」

「菊さん、この野郎は責め問いにかけるっきゃないんですよ。こいつもそれを望んでるんじゃないですか。なあ為五郎、そうなんだろう。てめえは痛い目にあいたいんだよな」

次郎は為五郎の態度に腹を据えかねているのか、平手で頬を張った。

バシッという鋭い音が自身番のなかにひびいた。それでも、為五郎は分厚い唇を引き結んだまま膝許の畳の目を見つめつづけた。

知らせを受けた秀蔵がやってきたのは、それから半刻ほどあとだった。

「この野郎か……」

為五郎を一目見るなり、秀蔵はさっと雪駄を抜いで、自身番にあがり込んだ。

どっかりと腰を据えると、

「おれの目を見るんだ、為五郎」

いわれても為五郎は顔をあげなかった。口も結んだままだ。

「為五郎の煙管は、直吉が殺された稲荷堀に落ちていた。捨てたのか、過《あやま》って落としたのかわからないが、為五郎が使っていた煙管に間違いはない。それに、直吉が持っていた煙管がおこんの家にあった。これもまぎれもないことであるから、為五郎がそのことをどう釈明するかだ」

菊之助はそういってぬるくなった茶に口をつけた。秀蔵は為五郎の顎をつかんで顔をあげさせた。

「人と話すときは目を見るのだ。おまえにやましいことがなければ、おれの目をにらめ」

秀蔵はそういって、鷹のように自分の目を光らせる。顎をつかまれて顔をあげさせられた為五郎は、視線を泳がせた。

「直吉を殺したのは、おめえだな」

「………」

「どうなのだ？　そうでなきゃそうでないといえるはずだ」

「………」

「言わねえか」

秀蔵は為五郎の顎をつかんでいる手に力を入れた。為五郎の顔が痛みにゆがんだ。

「意地を張っていわなければ、場所を変えてゆっくり話をするまでだ」

自身番詰めの番人が淹れた茶に、秀蔵は口をつけて為五郎の白状を待った。誰もが息を詰めたように為五郎を見ていた。

沈黙がつづく。燭台《しょくだい》の芯がジジッと鳴って、その静寂をわずかに破る。秀蔵は辛抱強く為五郎がしゃべるのを待ったが、ついに痺れを切らしたように口を開いた。

「おまえはここでは話したくないというわけだ。そういうことだな。よし、だったら楽しいところに場所を変えてやろうじゃねえか」

為五郎は何か口にしかけたが、また強く唇を引き結んだ。

「次郎、甚太郎、こやつを大番屋に連れてゆく。引っ立てろ!」

ぴしゃりといい放った秀蔵は、すっくと立ちあがると自身番の表に出た。菊之助もそのあとを追うように自身番を出た。

空には星も月も見えず、闇は墨のように濃くなっていた。

「直吉とおこんを殺したのは為五郎に間違いはないはずだ。あやつが口を割れば、自ずとお袖殺しもわかるだろう。おれの出番はここまでだ。あとはおまえの役目だからな」

そういった菊之助の顔を、秀蔵はゆっくり見つめた。

「なぜ、やつの仕業だと思った。煙管のことはわかるが、その前から疑っていたのであろう。不審を抱いたきっかけは何だ？」

「勘だ。今回はそういうしかない。しいていえば、やつの目だろう。世を拗《す》ね、自らを蔑《さげす》んでいる目だ。やつの心は屈折していると思ったからだ。おそらく、常人にはわからぬ考えをする男だ。自分より恵まれている人間を羨《うらや》み、妬《ねた》み、それでいてそんな人間のそばにいたがるいびつな心の持ち主だと思った」

「……なるほど」

「直吉の博奕好きは玉に瑕《きず》だったろうが、大店の手代であるから人の接し方も知っていただろうし、あしらい方も心得ていたはずだ。だが、あれこれ人の話を聞くと、直吉は自分のことを吹聴《ふいちよう》し、得意がる一面があったようだ。そんな直吉は、為五郎の心の内を見抜くことができないばかりか、曲がった為五郎の心に憎しみにも似た嫉妬《しつと》を植えつけた。そうではないかと思ったのだ」

「なかなか深いところを考えやがる。恐れ入るぜ。しかし、これで何とかケリをつけることができるだろう。礼をいうぜ」

「それなら、次郎にいうことだ。今度の件は次郎のはたらきが大きい。寒空《さむぞら》のなか水に入って川浚いもしたし、歯向かってきた為五郎を押さえたのも次郎だ」

いわれた秀蔵は、為五郎の縄尻をつかんでいる次郎を見た。二人の会話は聞こえていないはずだから、次郎は怪訝そうな目で見返してきただけだった。

「すべての片がついたら、やつに褒美《ほうび》をはずむことにする」

そういった秀蔵は、次郎たちに声をかけた。

「よし、引っ立てろ」

菊之助は連れていかれる為五郎の後ろ姿を黙って見送った。もともと悪人ではなかったはずだ。為五郎の心の持ちようもあっただろうが、関わってきたまわりの人間にも責任があるのかもしれない。

菊之助は何ともやるせない気持ちになって首を振り、家路についた。

二

久吉は飯櫃《めしびつ》に移されたばかりの飯を、指先ですくい取って口に入れた。目を斜め上に向けて、口のなかで米の味をたしかめる。湯気を立てる飯櫃のなかに目を戻し、顔をしかめた。これじゃだめだと思う。

「お松さん」

開店の支度をしているお松が、くるっと振り返り、「なあに」と愛嬌のある笑顔を向けてきた。

「飯を炊いたのはお松さんですよね」

「そうよ」

「水が多すぎます。こんなにやわらかく炊くものじゃありません。せっかくの米の味が逃げてしまうし、歯応えもありません。粥《かゆ》ではないのですから……」

「たまにはうまく炊けないときもあるわよ」

「……客に出すのですよ」

久吉は首を振って、あきらめることにした。

自分が炊いた飯だったら、父親に殴られて全部捨てられているところだ。だが、ここは違うのだと久吉は自分に言い聞かせる。

板場に入ると長兵衛が、魚をおろしていた。当初は気にならなかったが、包丁の使い方が気になってきていた。鱗《うろこ》の落とし方、刃の入れ方、切り方がことごとく気に入らなくなっていた。

「おじさん、代わりましょうか。おれがやりますよ」

「そうかい。それじゃ頼むよ」

長兵衛は助かるといってあっさり仕事を譲ってくれた。

久吉は包丁を洗って、手拭いで水を拭き、新しい鯖を俎《まないた》の上に置いて二枚に下ろしていった。煮付け用の鯖である。

下ろし方も人によって違うが、久吉は父親に教わったやり方を実践している。例えば三枚に下ろすときは、頭を落とす前に鰓と腸《はらわた》を取り除く。そうすれば内臓を裂かないので、魚を汚さなくてすむからである。

長兵衛と久吉の包丁使いは、素人《しろうと》にはどこがどう違うのかわからないだろうが、久吉は長兵衛の調理を見ていられなくなっていた。一言でいえば雑なのである。切り身も揃えようとせず、厚さもまちまちである。盛り方も適当だった。

「おとっつぁんの仕込みがいいんだね。おまえの仕事を見ていると気持ちがいいよ」

そばに立つ長兵衛が煙管を吹かしながら、のんきなことをいう。

「客もおまえが作った料理がうまいと言うしな。同じ魚なのに、どうしてこうも違うもんかねえ」

「……」

久吉は黙ったまま手を動かしていた。

心の内で、やる気がないからでしょうとつぶやく。

「ずっとおまえがいてくれりゃ大助かりだ。さ、おれは水でも汲んでくるか」

そういって、長兵衛は裏の井戸のほうへ行った。

久吉は下ろした魚を平皿に移し、背後の竈《かまど》にかかっている煮付けの味をたしかめた。とたんに顔をしかめた。そのまま鍋をひっくり返したくなった。

何度言ってもちゃんとやってくれない。醬油が足りないし、味醂《みりん》が多すぎる。味を調《ととの》えることもいい加減なのだ。

久吉は前垂れを丸めて、その場にたたきつけたい衝動に駆られた。

だが、荒れそうになる感情を必死に抑えて、味を調えなおすことにした。よくこんなことで飯屋がやっていられるものだと、あきれっぱなしである。文句を言ってやりたいが、居候の身だから我慢するしかない。

ただ、料理はだめだが、みんな気がいいし、いつも和《なご》やかなのが救いである。

もし、そうでなかったらとっくに飛び出しているはずだ。

しかし、ここ二、三日考えていることがあった。この店にいたら、自分は料理人として中途半端になってしまうということだった。

父親は厳しすぎるが、料理の腕はたしかだ。久吉はその父親に負けない料理人になりたいと思っていた。

仕込みがあらかた終わると、表に出て一休みした。晴れ渡った空で、鳶が気持ちよさそうに舞っている。

「久吉、もうちょっとしたら店を開けるからね」

洗濯物を干していたお松が声をかけてきた。

「へえ、いつ開けても大丈夫ですよ」

「でも、客が来るにはまだ早いわ。もう少しゆっくりしてなさいな」

お松は久吉のそばを通り抜けていった。

ふうと、息を吐いた久吉は、そのままぶらぶら歩き出した。東海道を横切り、波の打ち寄せる岸壁まで足を運んだ。

海がきらきら輝いている。舞い交う海鳥たちがさかんに鳴き声をあげていた。

沖合に白い帆を張った漁師舟が浮かんでいる。

久吉は岸壁に腰をおろして、遠くに視線を投げた。

このままではだめだ。家に戻るのは躊躇《ためら》われるが、どこか腕のいい料理人のいる店で働きたい。腕を上げて、いつか父親を見返してやりたい。そんな思いがふつふつと沸く一方で、約束を破った荒金菊之助を許せないという思いが鎌首《かまくび》をもたげた。

卑怯《ひきょう》だ……。

人にいい顔をして、肩を持つようなことを口にしたくせに、裏切った。

「くそッ」

久吉は声に出して吐き捨てると、小石をつかんで海に投げた。一言文句を言ってやらなきゃ気がすまない。ふざけるな。子供だと思っておれを馬鹿にしやがって……。

考えれば考えるほど、怒りがいや増していった。

三

「菊さん、今日仕事が片づくようでしたら、明日あたり品川に様子を見に行ったらどうでしょう」

家を出ようとしたとき、お志津がそういってきた。

「うむ、そのつもりでいる。いつまでもこのままではよくないだろうからな」

菊之助はそう答えて、北側筋の仕事場に向かった。

急な研ぎ仕事を頼まれたので、ここ二日ほど手を離せなかった。お志津に言われたように、久吉のことは気になっていたのだ。それから、秀蔵の調べもどうなっているだろうかと、ときどき思い出していた。

仕事場に入り、蒲《がま》の敷物に腰を据えた菊之助は、傷みのひどい包丁を手に取ると、丹念に銹《さび》を落としてから、荒研《あらと》ぎにかかった。この工程で、刃全体の厚さを整え、しのぎを研ぐ。それがすめば、中研《なかと》ぎに入り、荒研ぎ時についた研ぎ目を消してゆく。

すーッ、すーッと小気味よい音がする。刃全体に等分の力がゆき渡るように神経を集中させる。研ぎ仕事に集中しているときは無心であるが、ときどき普段考えもしないことが頭に浮かんだりする。

この日は為五郎のことだった。なぜ、ああまで頑なに口を閉ざしていたのだろうかと、為五郎の顔が浮かぶ。ひょっとして、自分の推量は間違いで、真相は別のところにあるのではないかと思った。

もし、為五郎が誰かを庇っているとすれば……。

そんなことが、ときどき浮かんでは消えていった。

昼飯を挟んで仕事に没頭したので、八つ半（午後三時）前には注文を片づけることができた。届けるために研いだ包丁をきれいな晒《さらし》で巻いてゆく。傾きはじめた日の光が腰高障子にあたり、路地を駆けてゆく子供たちの影がよぎった。

「いるかい」

声とともに戸が開いた。秀蔵である。

「精が出てるようだな」

「これがおれの仕事だからな。それでどうなった？」

菊之助が問うと、秀蔵は上がり框《かまち》にゆっくり腰をおろした。今日は供を連れていない。

「為五郎はさっき牢送りになった」

「それじゃ、やはりやつの仕業だったのだな」

「それが、そうではないんだ」

「……………」

菊之助は黙って秀蔵の顔を見た。

「お袖殺しはたしかに為五郎の仕業であった。だが、直吉殺しはやつではなかった」

「それじゃ、誰が？」

秀蔵はふっと、口の端に皮肉な笑みを浮かべた。

「女ってのはわからねえもんだ」

「どういうことだ？」

「直吉殺しは、おこんだった」

「えッ！」

菊之助は意外な言葉に驚かずにはいられなかった。

「為五郎はお袖殺しについて、男三人を手玉に取るお袖のことが許せなかったからだというのだ」

秀蔵はそういって、為五郎の証言したことを話していった。

「おい、為よ。太田って旗本のお殿様のお気に入りは、魚正の女房だ。その女房のことを知ってるかい？」

直吉にいわれた為五郎は首を横に振った。

をいうんだろうな」

「元吉原の花魁さ。魚正の旦那が身請けして後添いにしてるんだ。元花魁だけあっていい女だ。年は三十前の年増だが、顔立ちもよけりゃ体つきもいい。あんな女をいっぺん抱いてみてえもんだ。小股の切れ上がった女ってのはああいうのをいうんだろうな」

そんな話を為五郎が聞いたのは、三月ほど前のことだった。

直吉は野田某《なにがし》という旗本の屋敷に、履物の御用商人として出入りしていた。その折、野田家の三男・忠三郎に懇意にしてもらうようになった。その後、太田家の養子となった忠三郎は、気に入っていた直吉のために村雨屋を履物の御用商人に指定した。

忠三郎はそのうち滅多に人にいえないことを直吉に打ち明けた。好きな女がいたが、後添いになったのでどうしようもなくなったというのだ。それが、吉原通いで贔屓にしていた花魁の吹雪だった。

「わしは太田家の養子となって跡取りになったが、吹雪が花魁のままであったなら、いまだに月に幾度かの逢瀬《おうせ》を楽しむことができた。吹雪もわしに惚れていたのだ。女郎とて客と恋に落ちることもある。しかし、それは長くはつづかなかった。吹雪が、魚正という大きな魚問屋に身請けされたのだ。それはそれで喜ばしいことではあるのだが、わしと吹雪の思いは消えてはいないのだ」

そんなことを打ち明けられた直吉は、吹雪と文のやり取りをしたいので、その運び人になってくれと頼まれた。直吉は大事な客の頼みであるから即座に引き受けた。

ところが――。

「為よ。おれは魚正のお袖さんに惚れちまってな。弱っちまったよ。相手は人の女房だし、大事なお殿様のお気に入りだ。どうにもしようのない片思いだ」

そんな直吉は、付き合っていたおこんと別れることにした。理由はお袖に惚れてしまい、おこんなどどうでもよくなったという男の身勝手だった。要するに素人娘のおこんに魅力を感じなくなったというわけである。

「百年の恋もこうやって冷めるときがあるんだな……」

しみじみといった直吉は、おこんに別れ話をしなければならないが、

「適当なことをいって、おれのことを忘れるように、おこんにいってくれないか」

と、為五郎に頼んだ。

困ったことを頼まれた為五郎ではあったが、おこんに会って別れ話を持ちかけた。しかし、うまく話すことができず、直吉に好きな女ができたのであきらめてくれといった。

もちろん、おこんが納得するはずもないが、為五郎の気にすることではなかった。それに直吉も、その後、おこんについては何もいわなくなった。

それからしばらくして、直吉がこんなことをいった。

「妙なことになっちまってな。どうも魚正の女房がおれに気があるようなんだ。文を渡したり受け取ったりして会うたびに、色目を使ってきやがるんだ。それでちょいと粉をかけてやったら、時機を見ておれにこっそり会ってもいいといいやがる」

直吉は鼻の頭にしわを寄せて嬉しそうに笑い、

「めったにあることじゃねえから、一度くらい遊ばしてもらおうかと思ってるが、誰にもいうんじゃねえぜ」

と、付け足した。

しかし、博奕好きの直吉はそれどころではなくなった。そこで直吉は、殿様を脅すわけにはいかないから、お袖に相談を持ちかけた。

「太田の殿様とあんたのことが表沙汰になれば、ただじゃすまないはずだ。無理はいわないが、おれはこのまま口をつぐんでおくから、少しばかり口止め料をもらえないかといってやったんだ」

「それで……」

為五郎は自分には縁のない話に興味を持ちながらも、内心では直吉のことを妬んでいた。

「あんたが困っているんだったら何とかしてやるっていってくれたよ。おれはぴんと来たね、やっぱりあの女はおれにも気があるんだと」

為五郎の心に激しい嫉妬が芽生《めば》えたのはそのときだった。気に食わない直吉ではあるが、友達である。妬む心は憎しみに変わったが、それは直吉へではなく、男三人を手玉に取ろうとするお袖に向けられた。

何より直吉の心がお袖に奪われてしまえば、自分など見向きもされないと危惧《きぐ》した。直吉が自分より劣る者に対して、勝手に優越感に浸るいやな人間だということは、為五郎にもよくわかっていた。しかし、直吉は友達に違いなかったし、為五郎には他に仲のいい友達がいなかった。

許せないのはお袖だと、為五郎は決めつけた。そこでお袖のことをこっそり尾《つ》けたり、遠くから監視するようになった。そして、件の日がやってくる。

仕事を終え、風呂に浸かった為五郎は、近所の店で夕餉をすませ、例によって魚正の様子を見に行った。ところが、具合よくお袖が勝手口から出てきた。しかもひとりだった。

為五郎はこのときを逃してはならないと、凶行に及んだ。

「それじゃ、直吉は……」

話の途中ではあったが、菊之助は口を挟んだ。

「まあ、聞きな。世の中には偶然というのがままある。その夜もそうだったのだ。お袖を殺めた為五郎は、なるべく人目につかないように自分の家まで戻っていった。ところが汐留橋のそばに来たとき、ひとりの女がいた」

はたと足を止めた為五郎は、こんなところで人に会ったらあとあとまずいと思ったが、提灯の明かりに浮かぶ女の顔を見た。おこんだったのだ。その顔は、提灯の明かりを受けていても蒼白《そうはく》だった。

「どうしたんだい？」

為五郎は近づいてまた驚いた。おこんのそばに男がうずくまるようにして倒れていたのだ。よく見ると、それは直吉であった。為五郎はギョッとなった。

直吉の腹のあたりがまっ赤に染まっていたからだった。それからおこんを見ると、その片手に血にまみれた短刀がにぎられていた。

「おまえがやったのか……」

為五郎が聞くと、おこんは「許せなかった」と、唇をふるわせた。もう一度直吉を見たが、もう虫の息で助からないとわかった。このとき、為五郎の胸にある考えが浮かんだ。

「おこん、ここはおれが何とかする。おまえはこのまま帰るんだ。このことは決して人にしゃべっちゃならねえ」

為五郎はおこんを帰し、あたりに人がいないか目を凝らすと、近くにあった石を見つけ、直吉の帯を使って体にくくりつけた。

そのとき、直吉が父親の形見だといっていた煙管が目に留まった。自分の持っているのは壊れかけているのでそれを捨てて、直吉の煙管を懐に入れ、そのまま堀川に直吉を落として逃げた。

翌日、お袖の死体が発見され、そのあとで直吉の死体も見つかったが、為五郎は自分は捕まらないと思っていた。それでおこんに会い、

「直吉が惚れていたお袖を殺したのは、おれだ。おまえはその直吉を殺した。これで同じ仲間だ。このことは決して人には漏らさないから……」

そういって為五郎はおこんを抱きすくめ、「わかっているだろ」と、ささやいて押し倒した。ところがおこんは必死に抗《あらが》い、

「やめて。あんたがお袖を殺したのなら、わたしと同じ人殺しじゃない。わたしがあんたのことをしゃべったら、あんただってただではすまないのよ。そうじゃない？　変なことをすると、わたしはしゃべってしまうわよ」

と、為五郎を脅した。

このとき、為五郎は自分の失言に気づいたが、もう遅かった。直吉殺しを黙っておく代わりに自分の女にしようとした目論見《もくろみ》はあっさり外れてしまった。

「おまえが為五郎に聞き込みにいったのは、そのあとだ。もうそのあとのことは話すまでもないだろう」

秀蔵は話をそう結んだ。障子にあたっていた西日が消え、いつの間にか仕事場

のなかがうす暗くなっていた。

「それじゃ、おれが直吉のことを聞きに行ったとき、為五郎は身の危険を察し、先におこんの口を塞いだ。そういうことか……」

秀蔵は何も言わなかった。

菊之助は自分の膝許を長々と見つめた。

「……もう少し気を使い、調べを固めておけば、おこんは殺されることはなかった。そういうことになるな」

「おまえが悔やむことはない。おこんは惚れた男を殺しているのだ。生きていても、いずれは死罪の身の上だったのだ」

「そうではあろうが、何とも皮肉なことだ」

菊之助は妙な淋しさを覚えていた。

「いずれにしろ、煙管に目をつけたおまえの手柄だ。それに、あの煙管には、直吉とその父親の怨念が宿っていたのだろう。それで一件、片がついたのだからな」

秀蔵はそういって腰をあげると、近いうちに楽しい話でもしようと付け足し、そのまま仕事場を出ていった。

菊之助はしばらく身じろぎもせず、閉められた腰高障子を見つめていた。

すべての殺しは、為五郎の心に巣くう闇だったのだと思った。直吉がそのことに気づいていれば、今度のような悲惨なことは起きなかったのではないかと思う。

また、為五郎も自分の心の内をよく理解し、救いの手を差しのべてくれる人間に会えなかったのも不運としかいいようがない。

なんだか人の運命の不可解さを思い知らされる一件であった。

我に返り、研ぎあがった包丁を片づけて家に帰ると、すぐに客があった。

「荒金さん」

戸口に立ったのは久吉だった。何やら、険しい目を向けてくる。固めた拳をふるわせて、さらに一言付け足した。

「見損なった。ひでえ男だ」

四

「いったい、どうしたのだ」

菊之助が近づくと、

「うるせー！　裏切り者！」

久吉はそう叫ぶなり、殴りかかってきた。虚をつかれた菊之助は、居間の畳に倒れた。そこへ久吉がまたも拳骨を振りあげてきた。菊之助はその腕をとっさに払うと、久吉の肩をつかんでねじ伏せた。

「久吉、何があった。わけを話せ」

台所にいたお志津が心配げな顔でそばに立っていた。

「わけなんか、てめえの胸に聞けばわかることじゃねえか。おれのことを黙っておくと口でいっておきながら、その裏でおとっつぁんに告げ口しただろ」

「なんだと」

「あんたのせいで、おれはひでえ目にあったんだ。ちくしょ……」

「久吉、落ち着け。わたしは何も裏切ってなどいない。告げ口もしていない」

菊之助はそういって久吉から離れた。うつぶせで倒れていた久吉は、ゆっくり半身を起こし、恨みがましい目でにらんできた。

「久吉さん、ほんとよ。菊さんは告げ口なんてしてないわ」

そばにいたお志津が言葉を添えた。

「だったら、なんで親父が来るんだ。おれは何もしゃべってないんだ」

菊之助はお志津と顔を見合わせた。それから久吉に顔を戻して、

「久蔵さんが、おまえに会いに行ったのは知っている」

といった。呼び捨てではなく、一介の職人として「さん」づけをした。

「やっぱりそうじゃねえか」

「そのことは、お福さんから聞いたんだ。わたしは何もしゃべってはいない」

「……ほんとに」

久吉は目をしばたたいた。

「いいから話を聞こう。明日にでもおまえの様子を見に、品川へ行こうと思っていたところなのだ。いいから、こっちに来なさい」

菊之助は久吉をうながして、居間に移った。

「久蔵さんが品川に行ったのは知っている」

しばらくの沈黙を破った菊之助の言葉に、久吉ははっと顔をあげた。

「お福さんがその晩ここにやってきて、ずいぶん心配していた。おまえはまた殴られたらしいが、久蔵さんはおまえに逆らわれたことが応えたのか、めずらしく酒を飲んで酔ったそうだ」

「おとっつぁんが酒を……」

「親を見放すようなことをいわれたと、久蔵さんは嘆いていたそうだ」

「まさか……」

「久吉さん、やっぱり親子なのよ。あなたの行き先ぐらい、久蔵さんにはとうに見当がついていたのではないかしら。品川に行ったのも、あなたのことが心配でしかたなかったからなのよ」

「あの親が心配だなんて……」

「子の心配をするのは親として当然のことだ」

遮った菊之助は言葉を継いだ。

「恥ずかしくない料理人として育てるために、久蔵さんは厳しくやってきたはずだ。少なからずおまえの成長を楽しみにしているのだよ。そうでなければ、うるさいことはいわないはずだ」

「そうかもしれませんが……」

「もっとも、手を出すのは考えものだが、それが久蔵さんの愛情なのかもしれない。無論、手を出されるおまえはたまらないだろうが、決して悪気があって殴ったり蹴ったりしてきたのではないはずだ」

「それにしても加減ってものがあります。あの親はまるでおれを目の敵《かたき》にしているような扱いをするんです」

「そのことはわかっている。しかし、おまえも心の底から親を憎んでいるのではないはずだ。……そうではないか」

「それは……」

久吉は膝許に視線を落として黙り込んだ。

「……品川にまた戻るのか？」

「いいえ」

「それなら家に戻るのだな」

「それは……」

「そのために戻ってきたのではないのか……」

「おれはもう親の店には戻りません。どこか別の店に行って修業しようと思います」

「修業って、料理人の修業なのね」

お志津が訊ねた。

「おれには他にできることがありませんから……」

「別の店で修業したいというが、それだったら品川の親戚の店でもいいのではないか」

菊之助の言葉に、久吉は「あそこはだめです」と、つぶやいて否定する。

「なぜ、そう思う？」

「いろいろあります。おじさんもおばさんも気のいい人たちばかりで、おれは好きなんですが、料理となると違います。おじさんはいい加減な料理しか作らないし、味つけもその日の気分次第でころころ変わるし、それでいてちっとも気にしないっていうか、それでいいんだと思ってるんです。刺身だって、包丁の入れ方ひとつで、その魚の持っている味が生きたり死んだりするんです。煮物も味が濃かったり薄かったり、飯だってやわらかすぎたり硬すぎたりで……とても修業できる店じゃありません。あべこべに、おれが教えなきゃならない始末なんです。そんな店で腕なんか磨けっこないでしょ」

「なるほど、そういうことであったか……」

菊之助は湯呑みをつかんでしばらく考えた。

「それじゃ、どこか当てでもあるの？」

お志津がひと膝進めて久吉に訊ねた。

「これから探します」

「それまでどこに住むの？」

「それは……」

久吉は困ったようにうつむいた。

それを見た菊之助は湯呑みを膝許に置いた。

「久吉、どこの店に修業に行こうが、その前にやることがある」

「やること……」

「そのことをきちんと親に話すべきだ。それが筋というものだ。いくら嫌いな親でも義理を欠いてはならぬ。これまでおまえを立派に育てた親だ。この前家を飛び出したのは別にして、おまえがいっぱしの料理人になりたいんだったら、けじめとして自分の考えを伝えるべきだ。筋を通すことのできない男に、立派な料理などできないのではないか。わたしはそう考えるが……」

「でも、おれはもうおとっつぁんに見放されているんです」

「なぜそうだといえる？」

久吉は品川の長兵衛の店に乗り込んできた久蔵と、どんなやり取りをしたか詳しく話した。菊之助はその話を聞いて、やはり親子なのだ、久蔵と久吉はしっかりした糸でつながっていると感じた。

「……久蔵さんは、料理がどれだけ難しいか、どんなところに気を配らなければならないか、それを教えてくれたんだな」

「あ、はい」

「だったら、おまえは見放されてはいない。たとえそうだとしても、そんな大事なことを教えてくれた親に黙って修業に行ってはならぬ。久吉、わたしもいっしょについていってやるから、きちんと話をしろ。乱暴されるようだったら、わたしがなかに入る」

「しかし、そんなこと……」

「久吉さん、あなたは父親が嫌いでも、産んでくれた母親まで嫌いというのではないでしょう」

お志津は久吉の澄んだ瞳をまっすぐ見て訊ねた。

「そりゃ、おっかさんは、おとっつぁんとは違いますから」

「だったら、お福さんだけにでも挨拶はすべきじゃない？」

久吉は気乗りしない顔をしていたが、二人の説得に折れた。

五

その夜、暖簾のしまわれるころを見計らって、菊之助は蛍亭に向かった。もちろん久吉を連れてのことであるが、お志津もいっしょについて来た。

夜風の吹き抜ける静かな通りは月明かりに浮かんでいた。どの店も暖簾をしまい、軒行灯や提灯の火を消している。久吉は急に足が重くなったように立ち止まった。菊之助が振り返ると、大きく息を吐いて吸った。

「遅くに御免……」

菊之助が店の戸を開けると、土間に久蔵が立っていた。

「もう店は……」

久蔵は途中で声を呑んだ。菊之助の肩越しに久吉を見たからだ。

「久吉を連れてきた。品川にいたのは知っているだろうが、今日戻ってきた。ついては大事な話があるそうだ」

「大事な話……」

久蔵は前垂れを外して丸めると、客間にぽんと放り投げた。

「何だ、話ってえのは？」

久蔵は厳しい目を久吉に向けたまま問いかけた。

菊之助が目配せすると、久吉が前に出た。

「おとっつぁん、いろいろご心配……」

いいかけたとき、久蔵の拳骨が久吉の襟首をつかんで、きつく締めつけた。いきおい久吉の顔が苦しそうにゆがむ。

「あんた、やめて！　やめておくれ！」

女房のお福が悲鳴をあげた。

「やめろ、やめるんだ」

菊之助は久蔵の腕をつかんで離そうとするが、久蔵は抗って自分の息子を罵った。

「てめえ、何が大事な話がある、だ。話ならとうの昔に終わってらァ。親を見放しておいて、どの面下げて帰ってきやがった！　てめえなんざ、てめえなんざ……」

「いいから、やめるんだ」

菊之助はようやく久蔵を離すことができた。いつまた手を出すかわからないので、久吉を庇うように前に立った。久蔵がぎらぎらした目でにらんでくる。

「おとなしく話ができないのか」

「あんたにゃ、関係ねえことだ。いらぬお節介《せっかい》はやめてくれ」

久蔵は肩を上下に動かして荒い息をしていた。

「だから、おとっつぁんはだめなんだ……」

久吉が切れた唇をぬぐいながらいった。その恨みがましい目は、まっすぐ久蔵に向けられていた。とたん、久蔵は菊之助を押しのけて、久吉に飛びかかった。

「やめろ！　何度いえばわかる。いいから下がれッ」

菊之助はもう一度引き剝《は》がすようにして、久蔵を離さなければならなかった。

「倅はおまえの敵でも何でもない。いい加減にしないかッ」

菊之助は本気で怒っていた。

「血を分けた自分の子ではないか。人は殴ればわかるというものではない。犬畜生ではないのだ」

「そんなこたア、いわれなくたってわかってるよ」

「わかっていません！」

ピシリと、いったのはお志津だった。そのままつかつかと歩み寄ると、いきなり久蔵の頬を張った。乾いた音が店にひびいた。

久蔵は何が起こったのかわからない顔をしていた。久吉もお福も呆気にとられた顔をしていた。短い沈黙があったが、お志津は言葉を重ねた。

「怒鳴るだけならまだしも、手を出して怪我をさせたらどうします。子を大事に育てたい、一人前の料理人にしたいという思いはおありでしょうが、あなたのやり方は間違っています。久吉さんの髪の毛一本、皮膚のひとつも何もかも、あなたが分けた大切なものではありませんか。親というのはそれがわかっているから、身を慎んで少しでも傷つけまいとするのです。それが、子を思う親心ではありませんか。そうは思いませんか」

「……」

「どうなのです！」

「そりゃ、まあ……」

「久吉さんはまぎれもないあなたの子でしょう。大事にしたいと思っているんでしょう。立派な料理人になってもらいたい、道から外れた生き方をしてほしくない、幸せになってほしいと思っているんでしょう。それとも、何とも思っていないのですか？」

「そんなこたァ、ありませんよ」

「だったら、久吉さんの話を聞いてあげていただけませんか。あなたの大切なお子さんなのです。どうかわたしからもお願いいたします」

お志津は感情が高ぶったのか、両目から涙を溢《あふ》れさせていた。もう一度、お願いしますと頭を下げた。

「久蔵さん、わかっているんだったら静かに話を聞いたらどうだ」

菊之助が言葉を添えると、久蔵はひとつ大きな息を吐いて、わかったとうなずいた。それから小上がりにあがって、きちんと正座をして久吉と向かい合った。

「あんた、手を出しちゃだめだよ」

お福が心配そうにいう。

「わかってるよ」

「だったら一度、久吉に謝っておくれ。あたしも久吉に謝らなきゃならないんだ」

「おっかさん……」

お福の言葉が意外だったのか、久吉は目を丸くした。それにはかまわず、お福も小上がりにあがると、きちんと手をついて頭を下げた。

「久吉、勘弁しておくれ。おとっつぁんが乱暴するのを止められなかったのは、あたしのせいなんだよ。あたしがもっと強く引き止めることができたなら、あんたを苦しめることはなかったんだ。あたしゃ、あんたがどれだけつらい思いをしていたのか、心の内でわかっていながら、黙って見ていたんだ。ひどい母親だよ。ほんとに許しておくれ。あんたがこの店を飛び出して、そのことがほんとによくわかったんだよ。あんたはいまさらなんだ、と思うかもしれないけど、ほんとに堪忍《かんにん》だよ。堪忍して……うう……」

お福は肩をふるわせて嗚咽《おえつ》を漏らした。それから、ぐすッと洟《はな》をすすって、

「本当に勘弁しておくれ」

と、額を畳にすりつけた。

それを見ていた久蔵がどうしたわけか、がくっと首をうなだれ、両手をついて久吉を見つめた。

「……久吉」

「はい……」

「みんなのいうとおりだ。おれが間違っていた。薄々わかっちゃいたんだ。だが、どうにも抑えることができなくてな。おまえにひどいことをしたあとで、いつも

おれは後悔していたんだ。またやっちまったってな……。もうやっちゃならねえと何度も自分にいい聞かせちゃいたんだが……」

「もういいよ」

「よかねえ。おれはだめな親だ。すまなかった。このとおり謝る。気がすまないなら、殴るなり蹴るなり好きなようにしてくれ。おれがおまえを殴った分を、蹴った分を全部返してくれていい。殺されたって、おれは恨みはしねえ。おまえに殺されるなら本望《ほんもう》だ」

「おとっつぁん、もういいって……」

「久吉、悪かった。すまなかった。これこのとおりだ」

久蔵はお福と同じように額を畳にすりつけた。

「……おとっつぁん、おっかさん。もういいから顔をあげてくれよ。そうしてくれなきゃ何も話ができねえじゃねえか」

久吉の言葉で二人はゆっくり顔をあげた。

「おれが悪かったんだよ。おとっつぁんの言うようにちゃんとできねえから、しかたなかったんだよ。おれがあんまり出来損ないだからな……」

「そんなことはねえ」

　久蔵は怒ったような顔で否定した。

「おまえはできる。もっと腕があがると見込んでいるから、おれはついカッとなっちまうんだ。ただ、おれと同じようにできないのがもどかしいだけだったんだ。だが、おまえはどこへ出しても恥ずかしくない腕を持っている」

「ほ、ほんとに……そんなことを……」

「ほんとだ」

　久吉は驚いたように目を瞠っていた。

「そこで、久吉の話だが……」

　菊之助が間に入った。

「自分の口じゃいいにくいだろうから、わたしが代わりにいうが、よいか」

　菊之助は久吉に同意を求めた。

　久吉は少し戸惑ったが、まかせるというようにうなずいた。

「久吉は品川の親戚の店に行って、ようやく父親の腕がいかほどのものであるか悟ったようだ。そして、父親に負けない料理人になろうと心に誓ってもいる。ついては、よその店に行って自分の腕を磨こうと考えたが、やはり自分の料理の師匠は父親しかいないと気づいた」

久吉が目を瞠ったまま見てきた。話が違うじゃないかという目だった。だが、菊之助はつづけた。

「そこでもう一度、父親のもとで、つまりこの店で修業をつづけたいと思った。ついてはその許しをもらえないかと帰ってきたのだ。そうだな、久吉」

「あ、それは……」

「大切な話とはそういうことなのだよ。久吉、あとは自分の口からいうんだ」

久吉は予定が狂ったという顔をしていたが、菊之助はこれでいいのだと思っていた。

「久吉、どうした。早くお願いしないか」

再度うながされた久吉は、何度か目をしばたたいたあとで居ずまいを正した。

「おとっつぁん、おっかさん、ご迷惑でなかったら、ここに戻ってきてよいですか」

「馬鹿野郎、なにが迷惑だ」

久蔵がいえば、お福も言葉を添えた。

「迷惑なんてあるもんかい、あんたはここの子なんだよ、跡継ぎなんだよ」


「荒金さん……」

「そうだ、おめえはこの店の跡取りなんだ」

久蔵がきっぱりいった。とたんに久吉の目が大きく見開かれた。

「ほんとに、そう思ってくれているのかい？」

「おまえに嘘をつくか。子に嘘をつく親がどこにいる。そんなやつがいたら、ここに連れてきてみやがれってんだ」

「じゃあ、許してくれるんだね」

「許すもへったくれもねえさ。おまえはおれの倅だ。ここはおまえの家だ。遠慮なんかいるもんかい」

「お、おとっつぁん……ありがとうよ、ありがとうよ」

いきなり久吉の目から大粒の涙が溢れた。

「あんた、もう手を出しちゃだめだよ」

お福が釘を刺すようにいった。

「出すもんかい。もう二度と出さねえ。神かけて誓うさ……」

そういった久蔵の目も潤んでいた。涙を見せるのがいやなのか、そっぽを向いてから、菊之助とお志津に向きなおった。

「いろいろと世話を焼かせてしまい、申し訳ございませんでした。どうか、ご勘弁のほどをお願いいたします」

久蔵は深々と頭を下げて、お福と久吉にもうながした。

「いやいや、そんなことはやめてください」

菊之助はやんわりいって、お志津とともに蛍亭をあとにした。

三日後、久蔵が菊之助の仕事場に現れ、

「先日はご迷惑をおかけしまして、どうお詫びをすればよいのかわかりませんが、今後ともお付き合いをお願いできますでしょうか」

と、ずいぶんと殊勝《しゆしよう》なものいいで頭を下げた。

蒲の敷物に座っていた菊之助も、あらためて座りなおしたほどだ。

「どうかお気になさらずに。それで、うまくいっていますか」

菊之助は一介の研ぎ師としての言葉遣いになっていた。

「へえ、お陰様でなんとかやっております」

「それは目出度《めでた》いことです」

「これも、荒金さんのお陰だと思っておりやす」

「そういわれると身が窮屈《きゆうくつ》になります。お茶でも淹れましょう」

菊之助が腰をあげようとすると、久蔵が慌てて引き止めた。

「いやいや結構です。これから仕入れに行かなきゃならないんで、どうぞおかまいなく。それより、これを研いでもらえませんか。やっぱり荒金さんの研ぎでないとしっくりこないんです」

久蔵はそういって、持参した風呂敷をほどき、五本の包丁を差し出した。

「急ぐことはありませんので、暇なときにでも研いでおいてもらえませんか。どの包丁も久吉に形見として残すもんです」

「形見に……」

「へえ、たまには手入れをしておきたいと思いましてね」

菊之助は手許に引き寄せて、一本一本を丹念に眺めた。いくらも使っていない包丁であったし、一目でよく鍛えてある代物だとわかった。

「いずれもよく仕上がった包丁ですね。喜んで研がせていただきますが、日限《ひぎ》りを決めてもらえませんか。そうしてもらったほうが楽なんです」

「でしたら十日でどうでしょう」

「承知しました。研ぎあがったらお持ちします」

「それじゃ、頼みました」

久蔵は照れくさそうな笑みを浮かべて頭を下げた。

翌日、菊之助は、冬に備えもうひとつ手焙《てあぶ》りがほしいというお志津に請《こ》われて、日本橋界隈の道具屋を見てまわった。

しかし、ほしいと思うものは高く、なかなか手が出せそうにない。菊之助は少しの無理なら利くので、遠慮せずに求めようというが、

「そうはいきませんわよ。もっと手ごろでいいものがきっと見つかるはずです」

と、お志津は粘る。

さんざん歩いたが、結局は先送りにしてあきらめてしまった。

菊之助がやれやれという思いで歩いていると、

「ねえ、菊さん」

と、お志津が袖を引っ張って一方を示した。

そこは江戸橋広小路で、江戸近在の百姓たちが青物市《あおものいち》を立てている場所だった。

すでに昼刻《ひるどき》に近いが、その日の市は盛況で種類も豊富である。蕪《かぶ》・人参《にんじん》・椎《しい》茸《たけ》・里芋・生姜《しょうが》・大根……。いずれも筵や大笊《おおざる》に並べられている。

買い物客でにぎわっているその市で、久蔵と久吉があれやこれやと物色《ぶっしょく》して

いるのだった。

「おとっつぁん、それはいらないよ。どうせなら人参を買っていこうじゃないか」

「なに、ナマいってやがる。椎茸はいまが旬なんだ。それに使い道はいろいろある」

「店にも残ってるよ」

「あれはあれだ。つべこべいうんじゃねえ」

久蔵は久吉にはかまわず、

「おい、それを一盛りくれるかい」

と、売っている百姓にいった。

「まったく、おとっつぁんにはかなわねえや」

久吉は苦笑いして首を振った。

「おい、つぎはどこだ」

「あっちにいいのがあったよ」

「それじゃ、あっちだ」

父と子は人をかきわけるようにして、仲良く別の百姓のところに向かっていった。

「お志津、人というのは変われるものだな」

菊之助がしみじみとした口調でいうと、

「ええ、そうですね」

と、お志津が感心したようにうなずいた。

それから二人は顔を見合わせて、微笑みを交わした。

盛況な青物市には、呼び込みの声や、値切る客の声が入り交じっていた。そんな声がどこまでも高く、そして青く澄みわたった秋の空にひびいていた。

二〇一〇年四月　光文社文庫刊

光文社文庫

長編時代小説
父《ちち》の形《かた》見《み》 研《と》ぎ師《し》人情《にんじょう》始《し》末《まつ》（十三） 決定版
著者 稲《いな》葉《ば》 稔《みのる》

2021年10月20日 初版1刷発行

発行者 鈴木広和
印刷 堀内印刷
製本 フォーネット社

発行所 株式会社 光文社
〒112-8011 東京都文京区音羽1-16-6
電話 (03)5395-8149 編集部
8116 書籍販売部
8125 業務部

ISBN978-4-334-79263-3 Printed in Japan

組版 萩原印刷